新潮文庫

ジキルとハイド

ロバート・L・スティーヴンソン
田口俊樹訳

キャサリン・ド・マトスに（訳注　スティーヴンソンのいとこ、幼少時代の友達）

神が結べと命じた戒め、それを解くのは不徳なこと
だからいつまでも、ぼくらは風とヒースの子供でいよう
故郷を遠く離れていても、ああ、きみとぼくのため
北の国ではエニシダが咲き誇る

ジキルとハイド

戸口にまつわる話

弁護士のアタスンは岩を削ったようないかつい顔の男で、その顔が笑みに輝くことなどついぞない。人と話をするときにも淡々としてことば少なく、どこかしらきまり悪げで、感情を表に出すのが苦手だった。体型は長身瘦軀《そうく》、陰気で、風采《ふうさい》も上がらなかった。それでも、どこか人好きのするところがあって、気の置けない集まりなどで、出されたワインが口に合うと、なにやらすこぶる人間的なところがその眼に光り輝く。ただ、そうしたところは、彼と話をしていても決して見られず、ディナーを終えた彼の顔にもの言わぬ象徴として表われ、さらには日頃の態度にもっと頻繁に明確にうかがえるのだった。自らに厳しい人で、ひとりで飲むときにはジンを嗜《たしな》み、ヴィンテージ・ワインは慎んだ。芝居を見るのが大好きなのに、ここ二十年、芝居小屋の木戸を一度もくぐっていない。それでいて、誰もが認めるよう、他人にはいたって寛容だった。悪行に手を染める徒《ともがら》の血の気の多さに感嘆し、ほとんど羨望《せんぼう》の眼差《まなざ》しを向けることさえあって、相手がどれほどひどい輩《やから》でも、相手の力になりこそすれ、咎《とが》めることはなかった。そして、「私は異端のカイン派だからね」などとよくそんな奇妙な物言いをした。「行きたいというなら、自分の兄弟だって悪魔のもとに行かせるさ」そういう人柄だからこそ、そういうめぐりあわせになるのだろう、彼は転落する人々にとって、最後に頼れる存在であり、最後によい影響をもたらしてくれる人間だった。そうした連中のほうから彼の事務所を訪ねてくるかぎり、相手によって態度を変えることのいささかもない男だった。

　アタスンにとってそうした芸当が造作もないことだったのは明らかだ。なにしろ感情を表に出さないタイプで、交友関係すら性格のよさから来る寛大さの上に成り立っているように思われた。縁による出来合いの交友の輪をそのまま受け容《い》れるというのは、ひかえめな人間の特質だが、それはアタスンにもあてはまり、彼の友達は親類縁者か、あるいは旧知の間柄のどちらかで、彼の親愛の情は、つる草が伸びるように、時間とともに深まる類《たぐ》いのものだった。ただ、彼の相手は必ずしも彼の友達らしい友達とはかぎらず、リチャード・エンフィールドとの結びつきなどはまちがいなくそれだった。エンフィールドというのは、アタスンの遠い親戚《しんせき》で、つとに知られた粋人なのだ。このふたりが互いに相手に何を見いだしていたのか、ふたりにはどんな共通の話題があったのか、それは多くの人々にとって解きがたい謎《なぞ》だった。日曜日に散歩するふたりの姿を見かけた者によれば、ふたりは互いに口を利《き》くでもなく、いかにも退屈そうで、知り合いの姿を見かけると、明らかにほっとした様子で声をかけていたということだ。にもかかわらず、ふたりは日曜日のその散歩をなにより大切な予定に組み入れ、週に一度の宝石のようなひとときと考え、ほかの愉《たの》しみを二の次にするだけでなく、仕事を断ってまでこの愉しみを誰にも邪魔されないようにしていた。

そんないつもの日曜日の散歩をしていたときのこと、ふたりはふとロンドンの繁華街の裏通りに足を踏み入れた。狭いところで、そのときにはひっそり閑としていたが、平日にはかなりの賑《にぎ》わいを見せる通りだった。店はどこもうまく切り盛りされているようで、さらなる繁盛《はんじょう》を図って、どの店も儲《もう》けを注ぎ込んでは競うように店構えを華やかに飾り立てていた。客を誘うそんな店が続く通りは、まるで愛想のいい売り娘《こ》がずらりと並んでいるかのようだが、日曜日ということで、さすがに普段の華々しさは鳴りをひそめ、いつもの人通りはなかった。それでも、うらぶれたその界隈《かいわい》にあって、森の中での焚《た》き火さながら、ひときわ光を放っていたことに変わりはない――塗装したてのよろい戸にしろ、磨き上げられた真鍮《しんちゅう》にしろ、通り全体のきわだって清潔で明るい雰囲気にしろ、それらが通行人の眼を即座に惹《ひ》きつけ、愉しませていた。

そんな通りを東に進み、左手の角を曲がると、二軒先に袋小路の入口があった。店の連なりがちょうど終わるそこに、不気味な雰囲気を漂わせる家が一軒建っていた。切妻屋根が通りに張り出し、二階建てだが、どこにも窓がなく、下の階に戸口がひとつあるきりで、その上は全面塗り込められ、色褪《いろあ》せた壁になっていた。その家が長年むさ苦しく放置されてきた証拠はいたるところに見られ、戸口には呼び鈴もノッカーも備えられておらず、薄汚れたドア板には塗料の気泡ができて、ぶつぶつと浮き出ていた。いくらか奥まったところに浮浪者がはいり込むのだろう、壁板でマッチをすった跡があり、子供たちが上がり段でお店ごっこをしたり、学校の生徒が繰形《くりかた》でナイフの切れ味を試したりした跡も見られた。しかし、ほぼこの三十年は家の中から誰かが出てきて、そんな闖入者《ちんにゅうしゃ》を追い払ったり、荒らされた場所を修繕したりしたことなど一向になさそうな佇《たたず》まいだった。

エンフィールドとアタスン弁護士は脇道《わきみち》の反対側を歩いていたのだが、その袋小路の入口のまえまで来ると、エンフィールドが杖《つえ》を振り上げて示した。

「これまでにあの戸口に気づいたことは？」そう尋ね、相手がうなずくと、続けて言った。「あの戸口を見ると思い出すんです。なんとも奇妙な話をね」

「ほう？」とアタスンは訊《き》き返した。声音が少し変わっていた。「奇妙な話？」

「そう、こんなことがあったんです」とエンフィールドは応じて言った。「世界の果てみたいな遠いところまで出かけて、またこっちに帰ってきたときのことです。冬の午前三時、あたりは真っ暗です。街中を通り抜けましたが、街灯がついているだけで、人っ子ひとりいやしません。次の通りにもその次の通りにも。街はすっかり寝静まっていました。街灯は次の通りにもその次の通りにも、何かの行列を待っているかのように明々とともっているのだけれど、通りそのものは教会のようにどこもがらんとしていました。で、最後には私はこんな気分になっていました。必死に耳をすまして、お巡《まわ》りさんが現われてくれないかと願っている、そんな人間の気分にね。すると、そのときです。ふたつの人影が眼に飛び込んできたんです。ひとりは小柄な男ながら、大股《おおまた》でどかどかと東のほうに歩いていました。なかなかの歩きっぷりでしたね。もうひとりは八歳から十歳といった年恰好《としかっこう》の女の子で、十字路に向かって一生懸命走っていました。そう、当然、ふたりは曲がり角で鉢合わせしてしまったんですが、そのときなんとも恐ろしいことに、男が女の子の体を平然と踏みつけたんです！　そして、地面に倒れて泣き叫んでいる女の子をそのままにして行ってしまったんです。ことばにすると、大した話でもないように聞こえるかもしれませんが、目《ま》のあたりにした私にしてみれば、まさに地獄絵でした。あれは人間のすることじゃない。鬼畜の所業です。私は大声をあげて男を追いかけ、襟首《えりくび》を引っつかんで女の子のいるところまで連れ戻しました。泣き叫ぶ女の子のまわりにはすでに何人か人が集まっていました。男はいたって冷静で、なんの抵抗もしませんでした。ただ、私を睨《にら》みつけた眼のおぞましさといったら。走ったわけでもないのに全身からどっと汗が出ました。集まっていたのは女の子の家族で、すぐに医者がやってきました。実は、女の子はその医者を呼びにやらされ、さきに戻ってきたところだったんです。まあ、その医者の診立てによれば、女の子は大きな怪我《けが》をしたわけでもなく、それより怖かったんだろう、ということでした。これだけなら、それでこの騒ぎも収まったと思われるかもしれないけれど、そのあと妙な雰囲気になりましてね。私は一目でその男に嫌悪《けんお》を覚えましたが、女の子の家族もきっと同じ思いだったんでしょう。至極当然のことです。ですが、驚かされたのは医者の反応です。どこにでもいるような普通の医者で、年恰好にも肌の色にも特に変わったところはありません。ただ、スコットランド訛《なま》りが強くて、それこそバグパイプみたいに感情的な男だったんです。要するに、私や女の子の家族たちと少しも変わらなかったということです。で、私が捕まえた男を見るたび、嫌悪に顔を真っ青にしていました。それはもうその男を殺したくてうずうずしているような顔で、その医者の考えていることは手に取るようにわかりました。もっとも、私のほうもその医者に考えを見透かされていたと思いますが。とはいえ、まさか殺すわけにもいきません。私たちは次善の策を考えました。男を脅してやったんです。このことを表沙汰《おもてざた》にして、ロンドンじゅうにおまえの悪名を知れ渡らせることもできなくはないんだぞと言って。おまえにも何人かは友達がいて、いくらかは信用があったとしても、みんな失うようにしてやってもいいんだぞ、と顔を真っ赤にしてまくし立て、凄《すご》んでやったんです。しかし、そうしながらも、そのあいだずっとできるかぎり男を女たちから遠ざけておくよう気をつけました。なにしろ、女たちときたら鬼のような形相でいきり立っていたもので。あれほど憎悪に満ちた顔が並んだ景色というのも、私は初めて見ましたね。なのに、そんな人々に囲まれながらも男はいかにも腹黒そうな顔で、平然として、薄ら笑いさえ浮かべているんです。内心怯《おび》えているのは私にもわかったけれど、そこは見事に隠し通していました。まるで魔王のように。で、自分のほうからこんなことを言ってきたんです、〝あんたらがこのことを利用する気なら、こっちとしても打つ手がない。言うまでもない。揉《も》めごとが好きな紳士などいやしない。さあ、金額を言ってくれ〟とね。それで私たちは子供の家族のために百ポンド搾《しぼ》り取ることにしたんです。男は明らかに何か言いたげな様子でしたが、でも、私たちの態度にただならぬものを感じたんでしょう。そうなると、次は金の受け渡しです。そのとき男が私たちをどこへ連れていったと思います？　そう、それがここ、この戸口の家だったんです。男はすばやく鍵《かぎ》を取り出すと中にはいり、ほどなく金貨で十ポンドばかりとクーツ銀行の小切手を持って出てきました。小切手は持参人払いのもので、銀行に持っていけば金が受け取れるようになっていました。もちろん署名もしてありました。でも、その名前は教えられません。それがこの話の一番肝心なところではあるけれど。いずれにしろ、みんなが知っている名前です。新聞にもしょっちゅう出てきます。小切手に書かれた額は大金でしたが、その名前の主なら、もっと大きな額でもなんの問題もなかったでしょう。でも、それは署名が本物であればの話です。私はわざと言ってやりました。なんだか怪しい気がする、と。朝の四時に地下室のドアを抜けて、百ポンド近い金額が書き込まれた他人名義の小切手を持って出てくる人間がどこの世界にいる？　そう言ってやったんです。ところが、そいつは涼しい顔で、嘲《あざけ》るような笑みを浮かべて言いました。〝心配は要らない。銀行の開く時間まで私もみんなと一緒にいるから。私が自分で小切手を換金するから〟と。それで、私たちはその場を離れ、医者と、女の子の父親と、その輩と私で、夜が明けるまでわが家で過ごしたんです。そうして翌朝、朝食をすませると、みんなでぞろぞろと銀行に出向きました。小切手は私が窓口に出しました。そして、受付係に言ってやりました、どう考えても偽造だと思うんだが、とね。ところが、なんと、小切手は本物だったんです！」

「これはこれは！」とアタスンは言って、残念そうに舌打ちをした。

「私もまったく同感です」とエンフィールドは言った。「そう、なんとも後味の悪い話じゃありませんか。そいつは誰も関わりになりたくないような、まことに唾棄《だき》すべき男なのに、小切手を振り出した人物は正真正銘の紳士で、地元の名士だったんですから。さらに悪いことに、その方はあなたとご同様、いわゆる世の中のためになる仕事をしている人だったんだから。強請《ゆすり》、ということばがまず頭に浮かびました。真正直な人が若気の至りを種に強請られ、大金を巻き上げられているのではないかと、そう思ったんです。そんなわけで私はあの戸口の家を〈強請の館《やかた》〉と呼んでるんです。まあ、そんなふうに呼んだからといって説明がつくわけもないんですが」彼はそれだけ言うと、そのあとのことばは自分の頭の中に収め、思索にひたった。

アタスンがいささか唐突に尋ね、エンフィールドは現実に引き戻された。「その小切手を振り出した人物があそこに住んでいるかどうかはわからないんだね？」

「普通あそこに住んでいると思うところですよね？」とエンフィールドは応じた。「でも、私はたまたまその人物の住所を知っていましてね。その方はここじゃないところに住んでおられる」

「だからきみは誰にも尋ねてないんだ——あの戸口の家については誰にも？」

「そういうことです。ここは慎重にと思ったわけです」それがエンフィールドの答だった。「私は人のことを詮索《せんさく》するのにはどうにも抵抗がありましてね。なんだか最後の審判の真似《まね》をしているみたいで。質問をひとつするというのは石ころをひとつ転がすようなものです。そうしておいて自分は丘の上でのんびりと高みの見物をする。石ころは次から次と転がっていき、ぶつかり合ってほかの石ころも転がす。そんな石ころがやがて自宅の裏庭にいたなんの罪もないお年寄り（まさかと思うようなご仁）の頭にあたる。それで恥辱が明るみに出てしまい、そのお年寄りの一族は家名を変えなきゃならなくなる。とんでもないことですよ。だから私はこれを自分のルールにしてるんです。厄介に見えれば見えるほどよけいな質問はひかえることをね」

「それはなかなか賢明なルールだ」と弁護士は言った。

「それでも、自分では調べてみました」とエンフィールドは続けた。「あそこはとても家とは呼べないようなところです。出入口はほかにひとつもなくて、あの戸口にしたところが、誰も出入りしていない。私が捕まえたその男がごくまれに出入りするだけです。二階には袋小路のどんづまりに面して窓が三つありますが、下の階にはひとつもない。その二階の窓もずっと閉められたままです。まあ、きれいにはしてありますが。あとは煙突が一本あって、そこからはたいてい煙が出ています。だから、きっと誰かが住んでいるんでしょう。確言はできませんが。というのも、あの路地の建物はひしめき合うように建っていて、建物と建物の境目がよくわからないんですよ」

ふたりはまた押し黙ってしばらく歩いた。やがて「エンフィールド」とアタスンが口を開いた。「さっきのきみのルールだが、いいルールだ」

「そう、自分でもそう思っています」とエンフィールドは言った。

「とはいえ」とアタスンは続けた。「ひとつ訊きたいことがある。子供を踏みつけて歩き去った男の名前だ」

「まあ」とエンフィールドは言った。「さしさわりがあるとも思えないんで言いましょう。そいつはハイドという名の男でした」

「ほう。見てくれはどんな男だった？」

「説明するのはむずかしいですね。容姿にどこかおかしなところがあるんです。人を不愉快にさせる何か、腹の底から嫌悪を湧《わ》き起こさせる何かがね。これほど嫌悪を抱かせる男に会ったのは初めてなのに、どうしてこれほど嫌悪を覚えるのか、それが自分でもわからない。ただ、体のどこかが奇形なのは明らかです。どこがと言われても答えられないんですが、そういう印象を人に強く与える男です。特異な容姿の男なのに、その容姿をことばで説明することができない。ええ、駄目ですね。できません。でも、記憶が薄れたからじゃありませんよ。今だってあいつの姿はまざまざと眼に浮かぶんですから」

アタスンはまた押し黙って少し歩いた。明らかに何かを深く考えている様子だったが、ややあってようやく尋ねた。「その男が鍵を使ったのは確かなんだね？」

「どうしてそんなことを……」思いがけないことを訊かれ、エンフィールドは驚き顔で訊き返した。

「ああ、わかっている」とアタスンは言った。「妙な質問に聞こえるのはわかっている。しかし、実のところ、私がきみに小切手振出人の名前を訊かないのは、もうすでにわかっているからだ。なあ、リチャード、きみの話は私にはこたえた。私が今きみに訊いたことだが、もしその点が不正確だったら、正してほしい」

「もうすでに知っているなら知っているとさきに言ってほしかったですね」とエンフィールドはいささか機嫌を損ねた様子で言った。「私は杓子《しゃくし》定規なほど正確に話しました。男は鍵を持っていました。さらに言えば、今も持っているはずです。そいつが鍵を使うところを見てからまだ一週間も経《た》っていないんですから」

アタスンは深いため息をついた。が、何も言わなかった。ほどなく若いエンフィールドのほうがまた話しはじめた。「これまたひとつ、口を慎むということの教訓ですね。われながら、自分のおしゃべりが恥ずかしい。この話はもう二度と持ち出さないことにしましょう」

「大いにけっこう」とアタスンは言った。「約束のしるしに握手だ、リチャード」

ハイド探し

その夜、アタスンは暗い気分でひとり住まいの家に戻った。夕食の席についても食事を愉しむことができなかった。日曜日の夕食のあとはいつも暖炉のそばに坐《すわ》り、書見台に無味乾燥な神学の本を開き、やがて近くの教会の鐘が十二時を知らせると、一日が無事に終わったことを感謝して、厳粛な顔でベッドにはいる。それが彼の日曜日の日課だった。しかしながら、その夜はテーブルクロスが片づけられると、すぐにろうそくを手に取り、執務室にはいった。そして、金庫を開け、一番奥から〝ジキル博士の遺言状〟と記された封筒を取り出して坐ると、眉《まゆ》を曇らせながらその中身を読んだ。遺言状は博士の自筆だった。というのも、アタスンは――作成された以上、今は管理しているものの――作成時には手を貸すことをいっさい拒んだからだ。遺言状には医学博士、民法学博士、法学博士、王立協会員ほかの称号を持つヘンリー・ジキル死亡の際には、彼の財産はすべて〝友人であり恩人であるエドワード・ハイド〟に贈られると書かれており、それだけでなく、〝失踪《しっそう》もしくは三ヵ月を超える消息不明〟の場合にも、前記エドワード・ハイドは、博士の使用人に支払うわずかな金銭以外いかなる負担も義務も負うことなく、すみやかに前記ヘンリー・ジキルの遺産を相続することとなっていた。この遺言状は長らくアタスンにとって頭痛の種だった。人の暮らしの穏健で慣例的なところを愛し、突飛なことは不謹慎と考える者としても、弁護士としても、愉快なものではなかったからだ。その不快さがいや増したのは、ハイドというのがこれまでアタスンの知らない人物だったからだが、思いがけず今日、知るところとなった。名前しかわからなかったときでさえすでに充分ひどかったのに、その名に忌《い》むべき特性が備わりはじめたわけで、アタスンの不快さはさらに募った。長いあいだ彼の眼のまえにかかっていた、とらえどころのないぼんやりとした霧の中から、いきなり悪魔が姿を現わしたようなものだった。

「そもそも狂気の沙汰とは思っていたが」と彼は忌《いま》わしい書類を金庫に戻しながらつぶやいた。「もはやこうなってはとんだ恥さらしだ」

アタスンはろうそくを吹き消すと、厚手の外套《がいとう》を着て、医学の牙城《がじょう》、キャヴェンディッシュ・スクウェアに向かった。そこに友人で高名なラニヨン博士の家があった。ラニヨン博士は自宅で開業しており、引きも切らぬ患者を診ていた。「誰か知っている者がいるとすれば、ラニヨンしか考えられない」アタスンはそう思ったのである。

ラニヨンの執事はもったいぶった男だったが、アタスンのことを知っており、温かく迎えてくれた。アタスンは待たされることもなく中に通され、直接食堂に案内された。そこではラニヨンがひとりでワインを飲んでいた。ラニヨンは誠実で健康で、きりりとした小柄な紳士だった。赤ら顔で、早くも髪が一部白髪になっていたが、その物腰は快活で、ためらいがなかった。アタスンを認めると、椅子《いす》から勢いよく立ち上がり、両手を広げて歓迎の意を示した。愛想のよさはいつものことで、人の眼にはいささか芝居がかって見えても、今のその心情は嘘偽《うそいつわ》りのないものだった。というのも、ふたりは昔からの友人だったからだ。小学校から大学までともに学び、ふたりとも自尊心は強かったが、相手に対する敬意を忘れたことはなく、同級生という間柄が必ずしもそうなるわけではないものの、気の置けない仲だった。

とりとめのないやりとりのあと、アタスンは心から離れない不快な問題を切り出した。

「ラニヨン、ヘンリー・ジキルにとっては、きみと私のふたりが最も古い友人だろうね」

「古い友人《オールド》ではなく、若い友人《ヤング》であればとは思うがね」とラニヨン博士は言って、ひとり可笑《おか》しそうに笑った。「そう、確かにそのとおりだ。でも、それがどうしたというんだね？　このところ私はあまり彼に会っていないんだ」

「ほんとうに？」アタスンは言った。「きみたちには同業のよしみというものがあるんじゃないかと思っていた」

「以前はね。しかし、私にしてみれば、ヘンリー・ジキルがあまりに奇抜な存在になってもう十年以上になる。彼はおかしな方向に進み、おかしな考え方をするようになった。もちろん、いわゆる昔のよしみで、彼のことが気にならないわけじゃない。それでも、今はもうほとんど会っていない。あんな非科学的なたわごとを聞かされては――」とラニヨンは言い、やにわに顔を紅潮させて続けた。「――無二の親友が疎遠《そえん》になってもしかたがないよ」

アタスンはラニヨンが垣間見《かいまみ》せた癇癪《かんしゃく》にむしろ安堵《あんど》して思った――「ふたりはた

だ単に学問上のことで考えが合わないだけなんだ」と。(不動産譲渡手続きにでも関わるのでないかぎり)科学に対する情熱などいっさい持ち合わせないアタスンはさらにこう思った――「ただそれだけのことだ!」と。友人が落ち着きを取り戻すのをいっとき待って、彼は訪問の目的である質問を持ち出した。「きみは彼が面倒をみている男に会ったことはないかな? ハイドという男なんだが」

「ハイド?」とラニヨンは訊き返した。「いや。聞いたことがないね。ジキルと疎遠になるまえからもなったあとも」

結局のところ、アタスンがラニヨンのところから家に持ち帰った情報はそれだけだった。少しも寝つけないまま、暗い大きなベッドの上で何度も寝返りを打っているうちに真夜中を過ぎて、朝になった。思い煩《わずら》う心を少しも休ませることができず、真っ暗な中、疑問に苛《さいな》まれ、悶々《もんもん》として明かした夜となった。

近くの教会の鐘が鳴り、六時を告げても、彼はまだ問題を引きずっていた。最初は理知的に考えていたのに、その頃には想像を働かせるというより、想像に囚《とら》われていた。カーテンが引かれた部屋で――夜の濃い闇《やみ》の中で――何度も寝返りを打っていたときには、エンフィールドの話が光をあてられた絵巻のように彼の心を通り過ぎた。どこまでも街灯しか見えない夜の市《まち》。次にその市《まち》を速足で歩く男の影。さらに医者の家から急いで帰ってきた子供の姿。そのあとそのふたりが鉢合わせして、人の姿をした鬼畜が子供を踏みつけ、子供の悲鳴も意に介さずに歩き去るところが見えた。それとは別に金持ちの家の寝室も見えた。その部屋ではアタスンの友人が眠っており、夢でも見ているのか、笑みを浮かべていた。すると部屋のドアが開けられ、ベッドのカーテンも引き開けられて、そこで友人は眠りから覚める。なんと！　その友人のそばには力を与えられた人影が立っており、そんな真夜中なのに、友人は起き出してその人影の命令に従わなければならない。アタスンはこのふたつの場面に現われる人影に一晩じゅうまとわりつかれ、うとうととすると、寝静まった家々のあいだをその人影が音もなくすり抜け、街灯のともった広い市《まち》の迷宮をよりすばやく、眼も眩《くら》むほどすばやく動きつづけ、通りの角ごとで少女とぶつかり、悲鳴をあげる少女を置き去りにしていく姿が見えたのだった。さらにその人影には、それとわかる顔がなかった。顔は夢の中でさえなかった。その顔はただ彼を困惑させ、眼のまえで溶けてしまうだけのものだった。そのため彼の心には、実物のハイドの容姿を見てみたいというきわめて強烈な、ほとんど異常とも言える好奇心が芽生え、それがどんどんふくらんだ。彼は思った。一度その顔を眼にすることができたら――不可解なことがきちんと吟味されたときの常として――この謎も一気に解けて消えてなくなるのではないか。友人の奇妙なこだわりの理由、あるいは（そう呼びたければ）束縛の理由も、さらには遺言状の驚くべき条項の理由さえ判明するかもしれない。少なくとも一見の価値のある顔ではあるだろう、慈悲心のかけらもない男の顔――たいていのことには動じないエンフィールドに、一日でいつまでも残る嫌悪感を抱かせた顔というには。

　以来、アタスンは店が並ぶ脇道に面した建物にかよいはじめた。朝は仕事のまえに、多忙で時間のない午《ひる》にも、夜は霧のかかった月のもとでも、朝昼夜の光を問わず、人気《ひとけ》のないときにも人通りの激しいときにも、常に決まった場所にアタスンの姿が見られた。

「あっちがミスター・ハイド（訳注　〝ハイド〟は〝隠れる〟の意）なら」と彼は思ったものだ。「こっちはミスター・〝シーク〟（訳注　〝シーク〟は〝探す〟の意。〝ハイド&シーク〟で〝隠れんぼう〟の意）だ」

　そして、ついに彼の忍耐が報われる日がやってきた。からっとした雲のない夜だった。空気は霜が降りるほど冷たく、通りは舞踏室の床のようにきれいに輝き、風に揺れることもなく、街灯が光と影の規則的なパターンを描いていた。十時が近づくと、店々も閉まり、ロンドン市中から低いうなりは聞こえるものの、脇道はひっそりと静まり返った。小さな物音さえよく響き、家から発せられる日常生活の音が車道のどちら側にいてもはっきりと聞こえていた。誰かが近づいてくる足音も本人よりもずっと早く届いた。アタスンがいつもの場所に来てから数分後、軽い足取りの妙な足音が近づいてきた。夜な夜なかよいつめるうち、ひとり夜道を歩く歩行者の足音にも不思議な効果があることが、アタスンにはとっくにわかるようになっていた。足音というのは、遠く離れていても、がやがやとした市《まち》の喧騒《けんそう》を抜けて突如として聞こえてくるものだ。それでも、ここまで激しく、決定的に心を奪われたのは初めてのことだった。なぜか必ずうまくいく予感がして、彼は袋小路の入口に身をひそめた。

足音はあっというまに近づいて角を曲がると、いきなり大きな音に変わった。アタスンは入口から前方を見た。これから相手をしなければならない男の様子がわかった。背は低く、きわめて質素な身なりをしていた。眼にして好意を抱けない姿であることは遠くからでもなぜかすぐにわかった。男は時間を惜しむようにせかせかと車道を横切ってまっすぐ戸口へと向かい、自宅に帰る人がよくするように、歩きながらポケットから鍵を取り出した。

アタスンは歩み出ると、通り過ぎようとする男の肩に触れて言った。「ミスター・ハイドとお見受けするが――」

ハイドは音をたてて息を呑《の》むと、たじろいだ。が、それも一瞬のことで、アタスンの顔を見ようともしなかった。ただなんとも冷ややかに答えた。「いかにもそうだが、何か?」

「この家におはいりになるみたいだったんでね」とアタスンは答えた。「私はジキル博士の古い友人で、ゴーント・ストリートに住んでいるアタスンという者だが、おそらく私の名前はきみも聞いていることだろう。これはうまい具合に会えた。実は私も中に入れてもらえないかと思うんだが」

「ジキル博士には会えないよ。出かけてるんでね」とハイドは鍵を差し込みながら言った。が、そのあとなおも顔をそむけたまますぐに尋ねた。「しかし、どうして私のことがわかったんだ?」

「それより――」とアタスンは言った。「ひとつ頼みがある」

「かまわないが」と相手は言った。「どういうことだ?」

「きみの顔をよく見せてくれないか?」とアタスンは頼んだ。

ハイドはいっときためらったようだった。が、いきなり何かに反応するかのように、同時に何かに挑むかのように、顔を上げて見せた。数秒のあいだ、ふたりは互いをまじまじと見つめ合った。「これで、次に会ったとき、私にもきみのことがわかるだろう」とアタスンは言った。「それが今後役に立つかもしれない」

「そうだね」とハイドは言った。「知り合いになれてよかったよ。ついでに、私の住所も教えておこう」そう言うと、彼はソーホー地区にある通りの番地を言った。

「なんとなんと!」とアタスンは内心思った。「この男も遺言状のことを考えているのだろうか?」しかし、そうした思いは表に出さず、ただ低い声を洩《も》らして、住所がわかったことを伝えた。

「こっちも訊くが――」とハイドは言った。「どうして私のことがわかったんだ?」

「人相風体からだ」というのがアタスンの答だった。

「私の人相風体を誰から聞いた?」

「共通の友人から」とアタスンは言った。

「共通の友人?」とハイドは少しかすれた声でおうむ返しに言った。「誰だ?」

「たとえば、ジキル」とアタスンは言った。

「あの男が教えるわけがない」とハイドは怒りに顔を赤く染めて大きな声をあげた。「あんたが嘘をつくとはね」

「これはこれは」とアタスンは言った。「おかしなことを言うじゃないか」

ハイドは歯を剝《む》き出しにして、野卑な笑い声をあげた。が、次の瞬間にはもう尋常ならざる早業で戸の鍵を開け、家の中に姿を消した。

ハイドがいなくなっても、アタスンは見るからに動揺した体《てい》でしばらくその場に立ち尽くした。ややあって、ゆっくりと通りを歩きはじめたものの、一歩か二歩、足を運ぶたびに立ち止まっては額に手をあてた。心をひどく乱れさせてしまった人がよくやるように。歩きながら彼が熟考していたのは、めったに答の出ない類《たぐ》いの問題だった。ハイドは肌の青白い、小人のような男だった。はっきりとした病名のあるものではないにしろ、なんらかの奇形を思わせる。不愉快な笑み、臆病《おくびょう》さと厚かましさがないまぜになった異様な振る舞い、どこか壊れたようなしゃがれた囁《ささや》き声。それらすべてがハイドを不快に見せている。が、それらすべてを合わせても、ハイドに対してアタスンが抱いた、かつてない嫌悪、憎悪、さらに恐怖は説明がつかなかった。「何かほかにもあるはずだ」混乱した頭でアタスンは自分につぶやいた。「何かもっとあるはずだ。その何かに名前が与えられればいいのだが。ああ、あの男はほとんど人間に見えない！　穴居人《けっきょじん》とでも言ったらいいか。それとも、理由もなく嫌われる、『マザーグース』のあのフェル先生のようなものか。あるいは、汚《けが》れた魂が内から放射され、肉体という容器を破って体を変形させたのか？　そうにちがいない。ああ、哀れなヘンリー・ジキル。悪魔の署名が人の顔に読み取れるなら、それはきみのあの新しい友人の顔にこそある」

脇道の角を曲がると、古い瀟洒《しょうしゃ》な家々がまわりに建ち並ぶ広場に出た。その多くが過去の栄光をとっくに失った家で、あらゆる階層の者たちに部屋を貸していた――地図製版師、大工、うさん臭い弁護士、怪しげな商売の代理人などなど。しかし、角から二番目の家だけは誰にも間貸しされていなかった。玄関のドアの上の扇形の窓に見える明かり以外、今は闇にすっぽりと包まれているものの、その戸口には富と安楽の雰囲気が贅沢《ぜいたく》に漂っていた。アタスンはそのまえで立ち止まると、ドアをノックした。身なりのいい年配の使用人がドアを開けた。

「ジキル博士はご在宅かな、プール？」とアタスンは尋ねた。

「確かめてまいります、アタスンさま」とプールは言って、訪問者を室内へ招き入れた。玄関ホールは天井が低く、板石敷きで、広々としていてくつろげた。部屋は（大地主の邸宅に倣《なら》って）燃え盛る暖炉の火で暖められ、壁ぎわには高そうなオーク材の戸棚が並んでいた。「暖炉のそばでお待ちいただけますか？　それとも、食堂の明かりをつけましょうか？」

「ありがとう、ここでいい」そう言って、アタスンは暖炉に近づき、丈のある炉格子《ろごうし》の上から身を乗り出した。アタスンが今ひとり残されたその玄関ホールは、彼の友人の博士自慢の部屋で、〝ロンドン随一の玄関ホール〟というのがアタスン自身の口癖でもあった。しかし、今夜は血が震え、ハイドの顔がずしりと記憶に居坐り（アタスンには珍しいことながら）人の世に対して悪心《おしん》と嫌悪を覚えた。そうした暗い気持ちでいると、磨かれた戸棚にちかちかと映る火明かりも、天井に見えはじめた落ち着かない影も、なんだかそら恐ろしいものに見えてきそうだった。やがてプールが戻ってきて、ジキル博士の不在を伝えた。アタスンはその事実に安堵している自分を恥じた。

「プール、ついさっきミスター・ハイドが別棟の古い解剖室の戸口から中にはいるのを見たんだが」と彼は言った。「ジキル博士は留守だというのに、いいのかね?」

「いいんですよ、アタスンさま」と使用人は言った。「ミスター・ハイドは合い鍵をお持ちなんです」

「きみの主人はあの若い男をまたずいぶんと信頼しているようだな、プール」とアタスンはことばに感慨を込めて言った。

「おっしゃるとおりです、ええ」とプールは言った。「私どももあの方の言われることにはよく従うようきつく命じられております」

「私自身はミスター・ハイドにこの家で会ったことはないと思うが」とアタスンは言った。

「ええ、もちろんですとも。あの方は決してここでは夕食をおとりになりませんから」と執事は答えた。「それに、家のこちら側の棟では、私どももめったにあの方と顔を合わせることがありません。だいたいいつも別棟の研究室のほうから出入りなさっています」

「そうか、なるほど。それじゃ、おやすみ、プール」

「おやすみなさいませ、アタスンさま」

アタスンはひどく憂鬱《ゆううつ》な気分のまま家路につき、「哀れなヘンリー・ジキル」と胸につぶやいた。「何か厄介なことになっているのではないか！　若い頃のジキルには荒っぽいところもあった。それが大昔のことであるのは確かだが、神の支配する法に時効はない。ああ、そうにちがいない。過去の罪の亡霊、隠されていた不面目の膿《うみ》。その罰が、記憶も失われ、自らの過《あやま》ちを自己愛が赦《ゆる》した何年もあとになって、ゆっくりと追いかけてきたのにちがいない」アタスンはそんな考えに自分も恐ろしくなって、昔の不正という名のびっくり箱からびっくり人形が飛び出してきたりしないだろうかと、自らの過去に思いを馳《は》せた。あらゆる記憶の曲がり角を手探りで進んでみた。何もなかった。彼の過去に汚点は皆無だった。自らの来し方を記した巻物を彼ほどなんの不安もなく読むことができる人間もそうそういまい。それでも、過去の多くの過ちを思うと、身のちぢむ思いがした。同時に、すんでのところで思いとどまったこれまた多くのことを考えると、また体を起こすことができ、彼の心は厳粛で畏《おそ》れ多い感謝の念に満たされた。そうして、さきの問題に心を戻すと、希望の光が見えた。「このハイドという男。仔細《しさい》に調べたら——」とアタスンは思った。「この男は見るからに黒い秘密のかたまりだ。この男の秘密に比べたら、哀れなジキルの一番の秘密でさえ、まるで太陽のように輝いて見えることだろう。もはや放ってはおけない。あの化けものが盗人《ぬすっと》のようにヘンリーのベッドの脇に忍び寄る姿を想像しただけで、悪寒が走る。ああ、哀れなヘンリー、きみはなんという目覚めを迎えているのか！　加えてなんと危険な！　このハイドという男が遺言状の存在に気づいたら、すぐにでも相続しようと考えるかもしれない。ああ、この私が一肌脱がなければ。もっとも、それはジキルが望めばの話だが」アタスンは繰り返した。「ジキルが望みさえすればの話だが」そう繰り返したのは、瞼《まぶた》の裏にまたしても、遺言状のあの奇妙な条項が透かし絵のように鮮やかに浮かび上がったからだった。

落ち着き払ったジキル博士

その二週間後の夜、ジキル博士が近しい友人を五、六人招いて慣例の夕食会を催したのはいかにも時宜を得たことだった。招待客は頭脳明晰《めいせき》な名士ばかりで、みなワイン通だった。そんなほかの客人がみな辞去しても、アタスンはここぞとばかりにその場に居残った。しかし、それはことさら珍しいことでもなかった。これまでに何度もあったことだ。アタスンは好かれるところではとても好かれる男で、上機嫌で舌もなめらかになった客たちが戸口を抜けたあと、ホストたちはよくこのそっけない弁護士を引き止めたがった。ひかえめな弁護士とともにしばらく坐り、静けさを愉《たの》しみ、弁護士がもたらす豊潤な沈黙で、華やかな宴《うたげ》のあとの疲労と緊張を静めたくなるのだろう。ジキル博士もそのご多分に洩れず、今、彼は暖炉をはさんでアタスンの反対側に坐っていた。長身で、均整の取れた体つきをした、人あたりのいい五十代の男。それがジキル博士で、少しばかりの狡猾《こうかつ》さはうかがえるものの、寛容とやさしさがそれをはるかに凌《しの》いでいる。そんなジキルの表情からは、彼がアタスンに誠実で温かな愛情を抱いていることが容易に見て取れた。

「ジキル、ずっときみと話がしたかったんだ」とアタスンは切り出した。「例のきみの遺言状のことだ」

ジキル博士を注意深く観察していれば、彼がその話題に不快感を抱いたことがすぐにわかっただろう。しかし、博士はあえて愉しげに言った。「哀れなアタスン、こんな厄介な依頼人にあたってしまって、きみも運が悪いね。私の遺言状のことなんかで、きみみたいに気むずかしい顔をした男を私は初めて見たよ。私の研究を科学的異説と唱える偏屈な衒学者《げんがくしゃ》、ラニヨンの顔を除くと。ああ、わかっているとも、彼も気のいい男だ――きみもそんなむずかしい顔をすることはない――彼はすばらしい男だ。だから、私もできれば彼にもっと会いたい。しかし、彼は偏狭な衒学者に成り下がってしまったからね。無知で、ずる賢い衒学者に。私にしてもこれほど人に失望したことはないよ」

「わかっていると思うが、私は決して認めていないからね」アタスンは相手の持ち出した話題を容赦なく無視して食い下がった。

「私の遺言状のことか？　もちろんわかっているとも」博士はいささか鋭い口調で言った。「まえから何度も聞いているからね」

「だったらあえてもう一度言うよ」とアタスンは言った。「あの若いハイドという男について、少しばかり情報を得ることができてね」

ジキル博士の端正な大きな顔から色が失《う》せ、唇まで青白くなり、さらに眼に暗い影が射《さ》した。「もうこれ以上、その話は聞きたくない」と博士は言った。「これはお互いもう持ち出さないと決めた話だ。私はそう思っていたが」

「あの男に関する実に忌まわしい話を聞いたんだよ」とアタスンは言った。

「だからと言って何も変わりはしない。きみには私の立場というものがわかっていないんだ」と博士はいささか取り乱した様子で言い返した。「私はひどく苦しい場所にいるんだ、アタスン。とても特異な——そう、とても特異な立場にいるんだ。話し合ったところでどうにもならない。私はそういう問題を抱えているんだよ」

「ジキル」とアタスンは言った。「きみだって私のことはわかっているはずだ。私は信頼できる男だ。秘密は守る。どうか胸の内を打ち明けてくれ。私ならきっと力になれるはずだ」

「ああ、アタスン」と博士は言った。「きみはほんとうにいい男だ。まぎれもない。今のきみのことばがなによりきみの心根のよさを示している。なんと言って感謝すればいいいか、ことばが見つからないほどだ。きみのことは心から信頼しているよ。この世に生きる誰より信用している。自分より。そんなことができるのなら。けれど、これはきみが想像しているようなことじゃないんだ。そんなに悪いことでもない。だから、きみを安心させるためにひとつだけ言っておこう。ハイドとの関係は、私が切ろうと決めたら即座に断ち切れる関係だ。それだけは言っておくよ。きみには感謝してもしきれない。でも、アタスン、最後にひとことつけ加えさせてくれ。悪く取らないでほしいんだが、これは私的なことだ。どうかそっとしておいてくれ」

アタスンは暖炉の火を見つめ、少しのあいだ思案にひたった。

「確かにきみの言うとおりだ」最後にそう言うと、彼は立ち上がった。

「ただ、せっかくこの話になったので言っておこう――これが最後となることを望んでいるが――」と博士は続けた。「ひとつだけきみによく理解しておいてもらいたいことがある。それはあの可哀そうなハイドに私は大いに興味を持っているということだ。あの男にはきみも会ったそうだね。本人から聞いたよ。きっと、さぞかしきみに失礼な態度を取ったことだろう。それでも、私はあの若い男に心の底から大きな関心を抱いている。だから、アタスン、これだけは約束してほしい。もし私に万が一のことがあったら、あの男に我慢して、彼の権利をしっかりと守ってほしい。すべてがわかっていれば、今だってきみがそうすることはわかっている。それでもきみが約束してくれたら、私は気持ちが楽になる」

「あんな男を好きになるなんて、そんなことは振りすらできない」とアタスンは言った。

「そんなことは頼んでいない」とジキルは相手の腕に手を置いて言った。「私はただ正義を求めているだけだ。私がこの世からいなくなったら、どうか私のためだと思って、あの男を助けてやってくれ」

アタスンはため息をついて言った。「ああ、わかった。約束するよ」

カルー殺害事件

一年近くのちの一八××年十月、前代未聞《みもん》の凶悪犯罪が起きた。ロンドンじゅうが震撼《しんかん》し、高貴な人物が犠牲となったために事件はよけい世間の耳目を集めた。判明したことはわずかながら、どれも驚くべきものだった。その日の夜の十一時頃、テムズ川にほど近い家にひとり住まいをしている若いメイドが床に就こうと二階に上がったときのことだ。零時を過ぎると、市《まち》は霧に包まれたが、夜も早いうちは雲ひとつなく、寝室の窓から見下ろせる小径《こみち》は満月に煌々《こうこう》と照らされていた。メイドはロマンティックな夢想家らしく、その夜も窓のすぐそばに置いた箱に坐ると、物思いにふけった。その夜はとりわけ人間愛と世界への感謝の念に包まれたそうだ。かつてなかったほどに（事件について語るとき、彼女は涙ながらにそう繰り返した）。そうして窓辺に坐っていると、初老の上品な紳士の姿が見えた。白髪のその紳士は小径を彼女の家のほうにやってきた。同時に、かなり小柄な紳士がもうひとり現われ、最初の紳士に近づいていることに気づいたが、そちらのほうはあまり気にとめなかった。声の届く距離まで近づくと（それはメイドの寝室の窓の真下だった）年配の紳士のほうが会釈《えしゃく》して、いかにも慇懃《いんぎん》な態度で相手に話しかけた。話の中身はとりとめのないことのようだった。実際、手振りから察すると、ただ単に道を尋ねているように見えた。メイドは、月明かりを受けて話しはじめた紳士の顔を惚《ほ》れ惚《ぼ》れと眺めた。いかにも善良そうで、年配者の情愛にあふれながら、確たる自信によるものだろう、気高さも備わっていた。そのあとメイドは視線をもうひとりにさまよわせ、それがハイドという名の男であることがわかって驚いた。彼女が仕える主人のところに一度やってきたことがあり、少なからず彼女に嫌悪感を抱かせた男だったのだ。ハイドは手にした重そうな杖《つえ》を弄《もてあそ》びながら、ひとことも発することなく、見るからにそわそわとして相手の話を聞いていた。が、そこで突然怒りの炎を爆発させ、足を踏み鳴らし、杖を振りかざすと（メイドのことばを借りると）狂人のような振る舞いに出た。年配の紳士は驚き、いくらかは困惑もして一歩あとずさった。そんな紳士をハイドは杖で打ちすえた。何かから解き放たれたかのように。紳士は地面に倒れた。次の瞬間、ハイドは類人猿のような憤怒《ふんぬ》とともに足で犠牲者を踏みつけ、杖で幾度となく打擲《ちょうちゃく》した。骨が粉々に砕ける音がして、体が車道に転がった。そうした恐怖の光景と恐怖の音にメイドは気を失った。

それでも夜中の二時に意識が戻ると、警察を呼んだ。殺人者はとっくに逃げてしまっていたが、小径の真ん中には見るに耐えないほど叩《たた》きのめされた死体が横たわっていた。犯行に使われた杖は、きわめて頑丈な珍しい木でできていたのだが、それでも度の過ぎた残虐《ざんぎゃく》さには耐えきれず、半分に折れた一方がそばの溝に転がっていた。もう一方は明らかに殺人者によって持ち去られていた。被害者の財布と金時計は残されていたものの、身元を示す名刺などはなく、ほかには切手を貼《は》って封をした封筒が残っているだけだった。おそらくポストへ投函《とうかん》しようとして持っていたものと思われ、宛名《あてな》はアタスンになっていた。

その手紙は翌朝早く、まだベッドにいたアタスンのもとに届けられた。状況を聞かされ、手紙を読むなり、彼は暗澹《あんたん》たる表情で口をとがらせて言った。「死体を見るまでは何も言わないでおこう。これは大変な事態かもしれない。着替えるまでどうかお待ちいただきたい」暗い顔つきのまま、彼は急いで朝食をすませ、死体が安置されている警察署まで馬車を走らせた。そして、死体安置所にはいるや、うなずいて言った。

「ああ、まちがいない。残念ながら、ダンヴァース・カルー卿《きょう》だ」

「まさか」と警察官は声をあげた。「そんなことがほんとうに？」と言ったそのあとは眼を光らせた。警察官の血が騒いだのだろう。「これは大事件だ。犯人逮捕のためにお力をお貸しいただきたい」そう言うと、警察官はメイドの証言を簡単に伝えて、ふたつに折れた杖の片方を見せた。

メイドの証言にハイドの名前が出ただけで、アタスンはすでに動揺していたが、杖が眼のまえに置かれると、もはやいささかの疑念もなくなった。叩かれてぼろぼろになった杖――それは何年かまえアタスンがヘンリー・ジキルに贈ったものだった。

「このハイドというのはひょっとして小柄な男ですか？」と彼は尋ねた。

「ええ、とても小柄で、とても邪悪な見てくれ、というのがメイドの証言です」と警察官は言った。

アタスンはしばらく考えてから顔を起こすと言った。「私と一緒に馬車で来てください。ハイドという男の家までお連れできると思う」

そのときにはもう九時をまわっており、市《まち》は季節最初の朝霧に包まれ、チョコレート色の霧が天から帳《とばり》のように降りてきていた。同時に風が吹いていて、攻め入る霧を遠くへ追いやろうと繰り返し抗《あらが》っていた。アタスンは通りから通りへとのろのろ走る馬車の中から、驚くほどさまざまな色合いを持つ朝の薄明かりを眼にした。夜の始まりを思わせるような暗い場所があるかと思えば、褐色が燃えるように輝き、奇妙な大火事の炎を思わせる一角もあり、さらに束《つか》の間《ま》、渦巻いていた霧が割れ、一条の弱々しい陽光が射し込んでいるところもあった。そんなふうに刻々と移り変わる光の中にソーホー地区の陰鬱があった。ぬかるんだ道に、小汚い通行人。街灯はずっとつけっ放しなのか、あるいは闇の再攻撃に備えて改めてともされたのか。アタスンの眼には、悪夢の市《まち》の一画のように映った。加えて、心は絶えてないほど暗い色に染められており、馬車の同乗者をちらりと見ただけで、アタスンは法とその執行人に対する恐ろしさを覚えた。そうした恐ろしさはときに誰より善良な人間にも襲いかかるものである。

アタスンが指示した所番地で馬車が停まると、霧が少し晴れ、薄汚い通りが姿を現わした。うらぶれた酒場、安っぽいフランス料理を出す店、一ペニーの雑誌や二ペンスのサラダを売る店。戸口という戸口にぼろをまとった子供たちがたむろし、さまざまな国籍の女たちが朝の一杯をひっかけるために、鍵《かぎ》を手にあちこちから出てきていた。が、次の瞬間にはまた霧が立ち込め、あたりは土気色の空気に包まれ、アタスンはごろつきにこそふさわしいその一帯から引き離された。ヘンリー・ジキルのお気に入りの男、二十五万ポンドの遺産相続人が住んでいるのはそんな界隈《かいわい》だった。

象牙《ぞうげ》色《いろ》の顔をした、銀髪の老婆《ろうば》がドアを開けた。偽善によって和らげられてはいるものの、邪悪そのものといった顔をしていた。それでも、接客は見事なものだった――はい、ここはハイドさまの家でまちがいございませんが、ご主人さまはお留守です。昨晩、夜遅くに一度お戻りになり、一時間も経たないうちにまた外出されました。でも、それは珍しいことではありません。ご主人さまは不規則な生活を送っておられ、家を空けることもしばしばございまして、実際のところ、昨晩お会いしたのもほぼ二ヵ月ぶりのことでした。

「よろしい。そういうことなら、家の中を見せてもらいたいのだが」とアタスンは言った。そして、老女がそれは無理だと言いかけると、つけ加えた。「この方がどなたかお伝えしておいたほうがよさそうだな。こちらはロンドン警視庁《スコットランド・ヤード》のニューコメン警部補だ」

憎々しい喜びの色が女の顔に浮かんだ。「あらまあ、何か面倒なことになってるんですね。ご主人さまは何をしたんです？」

アタスンと警部補は顔を見合わせた。「あんたのご主人はあんまり評判のいい男ではないみたいだね」と後者が言った。「さあ、お婆《ばあ》さん、私とこちらの紳士に家の中を見せてくれ」

老女のほかには誰もいない広い家の中、ハイドが使っているのは二、三部屋だけだったが、どの部屋にも豪奢《ごうしゃ》で趣味のいい家具が置かれていた。ワインが並ぶ戸棚、銀の皿、優雅なナプキン類、壁には洒落《しゃれ》た絵画——美術通のヘンリー・ジキルからの贈りものだろう（とアタスンは思った）。絨毯《じゅうたん》はふかふかで、色も趣味がよかった。ただ同時に、大急ぎで何かを探しまわったような形跡が部屋のあちこちにあった。ポケットを裏返しにした服が床に放り出され、鍵付きの引き出しも開いたままだった。炉床には灰が山になっており、大量の紙が燃やされた痕跡《こんせき》が残っていた。警部補が燃えかすを探り、炎に耐えた緑色の小切手帳の残片を掘り出した。ドアの陰からは凶器の杖の残り半分が見つかった。これで容疑が固まった。警部補は嬉しさを隠さなかった。そのあと、銀行に出向くと、殺人者の口座に数千ポンドの預金が眠っていることが発覚した。警部補はますます嬉々《きき》として言った。

「これでもう決まりましたな。あの男の尻尾《しっぽ》をつかんだも同然です。杖を置いたままにするなんぞ正気の沙汰《さた》とは思えませんが。おまけに小切手帳を燃やすとは。なにより命綱なのに。あとは銀行を見張り、犯人の特徴を書いた手配書を配れば、一件落着ということになりましょう」

しかし、この手配書の作成が容易にはいかなかった。ハイドには親しい友人などひとりもおらず、メイドの老婆をハイドに世話した者でさえ、ハイドには二度しか会ったことがなく、家族を探しても見つからず、写真も一枚も残っていなかったからである。彼を見たという証言はわずかばかりあったが、一般人の証言によくあることで、どれも食いちがっていた。ただ一点についてだけは全員が同意した。見た者に鮮烈な印象を与えていつまでも脳裏から離れない、ことばでは表現しがたいほどの奇形。誰もがそう証言した。

手紙の事件

その日の午後遅く、アタスンはジキル博士宅を訪ねた。すぐにプールに招き入れられ、家事室の横を通った。続いて以前は芝生が敷かれていた中庭を横切り、無頓着《むとんちゃく》に研究室とも解剖室とも呼ばれている別棟にはいった。ジキルはこの家を名高い外科医の相続人から購入したのだが、彼自身の志向は解剖学というより薬学にあったので、庭の一番奥にあるその別棟は用途が変えられていた。アタスンにしても友人の家のその棟にはいるのは初めてのことであり、窓もない薄汚れた建造物に好奇の眼を向けながら、不快とも言える妙な思いで建物の中を歩いた。かつては熱心な医学生たちで混み合った研究室だったのだろうが、今はひっそりと静かにただそこにあった。いくつかのテーブルには実験器具があれこれ置かれ、床には梱包《こんぽう》用の木箱と緩衝材のわらが散乱し、靄《もや》が立ち込めているように見える円天井の明かり採りから、うっすらと光が射し込んでいた。部屋の一番奥の階段を上がったところに赤いフェルトを張ったドアがあり、アタスンはそのドアを抜けてついに博士の書斎に足を踏み入れた。広い部屋で、壁一面にガラス張りの戸棚が設《しつら》えられていた。さまざまな家具のうち、とりわけ姿見と執務机がめだった。鉄格子付きの埃《ほこり》だらけの三つの窓からは例の袋小路が見下ろせた。暖炉には火が入れられ、室内にも霧が立ち込めようとしていたので、炉棚に置かれたランプがともされていた。ジキル博士はひどくやつれた体《てい》で暖炉のそばに坐《すわ》っていた。来訪者が来ても立ち上がろうとせず、冷たい手を差し出すだけで、以前とはまるで変わってしまった声音で挨拶《あいさつ》するのがやっとだった。

「さて」執事のプールが部屋を出るなり、アタスンは口を開いた。「事件の知らせはきみの耳にも届いているよね？」

博士は身を震わせて言った。「新聞売りが広場で叫んでいたからね。ダイニングルームまで聞こえてきたよ」

「ひとつ言っておくと」とアタスンは言った。「ダンヴァース・カルー卿は私の依頼人だった。きみは今でも私の依頼人だ。だからこそ私としてもはっきりさせておきたい。あの男を匿《かくま》うなどというようなことをしたら、それはもう狂気の沙汰だからね」

「アタスン、神に誓って言うよ」と博士は大きな声をあげた。「ああ、神に誓って言おう。あいつとはもう二度と会わない。神だけでなく私の名誉に懸けても誓おう――この世におけるあの男との縁は断ち切った。完全にもう終わりだ。事実、彼は私の援助などもう必要としていない。きみはあの男を私のようには知らない。だから言っておくが、もう危険は去った。彼はもう危険な存在ではない。完璧《かんぺき》に。私のことばを信じてほしい。あの男の名を聞くことはもう二度とないだろう」

アタスンは博士のことばを陰鬱に聞いた。友の熱弁が逆に気を滅入《めい》らせた。「ずいぶんとあの男を信用しているんだね」と彼は言った。「きみのためにも、さっきのことばが正しいことを願うよ。裁判になれば、きみの名前が出てこないともかぎらないんだから」

「ああ、彼のことは信用している」とジキルは答えた。「それには理由がある。その理由については誰にも話せないが。ただ、きみにひとつ助言してもらいたいことがある。実は……手紙を受け取ったんだが、警察に届けるべきかどうか判断がつかなくてね。アタスン、この件はきみにすべて任せたい。きみならきっと正しい判断をしてくれるだろう。私はきみには全幅の信頼を寄せている」

「その手紙のせいで彼は捕まってしまうかもしれず、きみはそのことを恐れている。そういうことかな?」とアタスンは尋ねた。

「いや」と相手は言った。「ハイドが今後どうなろうと、私にはどうでもいいことだ。もう縁は切ったんだから。私は自分のことを考えてるんだよ。忌《い》むべき今度のことで私は評判を落としてしまったのではないかと」

アタスンはしばらく考え込んだ。友人の身勝手さには驚かされたが、そのために逆にほっとしたところもあった。「いずれにしろ」と彼はようやく言った。「その手紙とやらを見せてもらおうか」

奇妙に垂直に立った文字で書かれたその手紙には、〝エドワード・ハイド〟と署名があり、次のようなことが簡潔に書かれていた――恩人であるジキル博士の寛大な計らいの数々に対して、何も報いることができなかったこと、頼りになる逃亡手段があるので、自分の身の安全については心配無用のこと。手紙のそんな内容にアタスンはさらに安堵した。ジキルとハイドの関係は、案じていたようないかがわしいものではなかったのだ。アタスンは親友を疑ったことを恥じながら尋ねた。

「封筒は？」

「燃やしてしまった」とジキルは言った。「気づいたときにはもう遅かった。ただ、消印はなかった。郵便受けに直接入れたんだろう」

「この手紙を預かってもいいだろうか？　対応を一晩考えさせてほしい」とアタスンは言った。

「ああ、きみにすべての判断を任せるよ」と博士は言った。「私には賢明な判断をする自信がない」

「わかった。私が考えよう」とアタスンは応じた。「ただ、もうひとつ確かめておきたい。きみが失踪《しっそう》した場合の遺言状のあの指示のことだ。あれはハイドに無理やり書かされたんじゃないのか？」

博士はまるで眩暈《めまい》と悪心に襲われたかのように、唇を真一文字に結ぶとただ黙ってうなずいた。

「わかっていたよ」とアタスンは言った。「あの男はきみを殺すつもりだったにちがいない。きみはすんでのところで難を逃れたということだ」

「難を逃れただけじゃない」と博士はむっつりと応じた。「私は教訓も学んだ――

ああ、アタスン、まったくなんという教訓だったことか！」博士はそう言って、しばらく両手の中に頭を埋《うず》めた。

友人宅を出るとき、アタスンはプールと二、三ことばを交わした。「そうそう、今日手紙を届けにきた者がいたそうだが、そいつはどんな風体だった？」通常の郵便以外は何も届いていない、とプールはきっぱりと言い、さらにつけ加えた。「その通常の郵便もチラシの類《たぐ》いだけです」

アタスンはプールのそのことばに新たな恐怖を覚えた。プールの言うとおりだとすれば、あの手紙は研究室に直接届けられたということだ。実際のところ、ジキルの書斎で書かれたことも考えられる。とすると、話は変わってくる。もっと慎重にことを進めなくては。歩道ではいたるところで新聞売りの少年たちが声を嗄《か》らして叫んでいた。「号外だよ！　世にも恐ろしい国会議員殺人事件！」それがアタスンの依頼人であり、友人でもあった人物への弔辞だった。さらに、別の友人の名が醜聞の渦に巻き込まれないともかぎらず、アタスンは不安を覚えずにはいられなかった。少なくとも、むずかしい決断を迫られていることだけは確かだった。何もかも自分で解決しようとする癖がアタスンにはあったが、今回ばかりは誰かに助言を求めたくなった。あからさまに求めることはできないにしろ、それとなく誰かに求めることはできるのではないか。

しばらくのち、アタスンは自宅の暖炉の一方の脇《わき》に置かれた椅子《いす》に坐っていた。もう一方には彼の筆頭法律助手のゲストが立ち、ふたりのあいだには、暖炉の火から適度に離して、地下室の暗闇《くらやみ》に長いあいだ眠っていた年代物のワインのボトルが置かれていた。市《まち》の空には霧がまだどんよりと覆《おお》いかぶさり、街灯がざくろ石のように赤くまたたいていた。都会の命はその大動脈の中でまだうねっており、何もかもをくぐもらせる霧を通してさえ、強い風のような音とともにその気配をふたりに伝えていた。暖炉に照らされた室内は心地よく、ときを経たワインは、酸味もとっくに抜け、貝紫色をしたその色もさらに柔らかくなっていた。ステンドガラスの色が年月を重ねて豊かになるように。暑い秋の午後、丘の斜面のブドウ畑の鮮やかな色が今にも解き放たれて、ロンドンの霧を蹴散《けち》らしてくれそうに思え、アタスンは気持ちがわずかながら和んだ。また、ゲストほど秘密を打ち明けやすい相手もほかにいなかった。秘密にしておきたいことも、ゲストにはついつい話してしまう。それにゲストは仕事でしばしばジキルの家を訪ねており、プールのことも知っていた。

あの家にハイドが頻繁に出入りしていることも聞き及んでいるはずだから、彼なら的確な結論を導き出してくれるかもしれない。だとすれば、手紙を見せて一緒に謎《なぞ》解《と》きをしても差し支えないのではないか？　とりわけ彼は筆跡の鑑定を得意としている。だから協力を求められても奇異には思わず、むしろ当然と思うのではないか。それにそもそもゲストは助言のプロだ。奇妙きわまりない手紙を読んで、彼がひとことも発さないなどありえない。そうしたゲストのことばから今後の道が決まるかもしれない。そんなことを思って、アタスンは言った。

「ダンヴァース卿の事件はまさしく悲劇としか言いようがない」

「そうですな、まさに。市《まち》じゅうが悲しみに包まれていますな」とゲストは返した。

「言うまでもなく、犯人は狂人です」

「そのことについてきみの意見を聞きたいんだが」とアタスンは言った。「実はここに犯人直筆の手紙があってね。ただ、これはふたりだけの秘密にしておいてほしい。というのも、これをどうしたものか、私には判断がつかないんだ。なんともおぞましい代物《しろもの》だよ。しかし、現にここにあって、こういうのはきみの得意分野だろう。殺人犯の筆跡だ」

ゲストは眼を輝かせ、すぐさま椅子に坐ると、一心に手紙を見た。「そう、狂ってはいなくても、なんとも奇妙な筆跡ですな」

「それはもう書き手自身が奇妙なんだからね」とアタスンは言った。

そのとき、使用人が紙片を持って部屋にはいってきた。

「ジキル博士からの伝言ですね？」とゲストが尋ねた。「いや、筆跡に見覚えがあったもので。何か内密なことですか、ミスター・アタスン？」

「ただの夕食の誘いだ。どうして？　見たいのかね？」

「少しだけよろしいでしょうか？　ありがとうございます」ゲストは二枚の紙を横に並べて、入念にふたつを比べた。「ありがとうございます」最後にまた礼を言って、二枚の紙片をアタスンに返した。「とても興味深い署名です」

沈黙ができた。沈黙の中、アタスンは悶々《もんもん》とし、そのあといきなり沈黙を破って尋ねた。「ゲスト、どうしてふたつを比べたんだね？」

「それは――」とゲストは言った。「かなりの類似が見られるからです。ふたつの筆跡は多くの点で一致しています。ただ、文字の傾きがちがうだけで」

「それはなんとも妙だな」とアタスンは言った。

「ええ、おっしゃるとおり、妙ですね」とゲストも言った。

「とはいえ、私はこの手紙のことを今後口にするつもりはいっさいないから。いいね？」と主人は言った。

「もちろんです」と助手は応じた。「心得ております」

その夜、アタスンはひとりになるとすぐに手紙を金庫にしまった——その手紙はその後取り出されることなくずっとそこに保管された。「なんとなんと！」と彼は胸につぶやいた。「ヘンリー・ジキルが殺人者の手紙を捏造《ねつぞう》するとは！」そう思ったとたん、体じゅうの血が一気に冷たくなった。

ラニヨン博士の驚くべき事件

ときは人を待たない。市民の心に深い傷痕《きずあと》を残したダンヴァース卿殺人事件の犯人には、何千ポンドもの懸賞金が懸けられたものの、ハイドは初めから存在していなかったかのように、警察の捜査網から完全に姿を消してしまった。彼の過去については多くが明るみに出されたが、そのどれもが恥ずべきものだった。そのどれもが彼の堕落した半生における残忍さ、無慈悲さ、乱暴さを物語るものだった。そんな中には、彼の奇妙な仲間たちや、これまでの人生において彼が買ってきた恨みの数々に関する話もあった。なのに、彼の所在については噂《うわさ》ひとつ出てこなかった。事件があった日の朝に、ソーホーの家を出て以来、彼はまさに消滅したかのようで、時間が経《た》つにつれ、アタスンも徐々に緊張を解き、平静を取り戻していった。また、彼はこうも思っていた、ハイドが失踪したことで、ダンヴァース卿の死もいくらかは報われた、と。実際、悪い影響が消えたおかげで、ジキル博士も人生を新たにしていた。引きこもりをやめ、友人たちとの関係も修復させ、昔のようによき招待客にもよき接待者にもなっていた。もともと慈善家として知られていたが、今では信仰に関する評判もそれに勝るとも劣らなくなっていた。戸外で過ごす時間が増え、文字どおり善行にいそしんでいた。内なる奉仕の精神がそうさせるのか、顔も明るく朗らかになり、博士がそうした平穏な暮らしを送るようになってすでにふた月を超していた。

一月八日、博士の家で小さな夕食会が催され、それにはアタスンだけでなく、ラニヨンも出席し、ホストであるジキルはふたりの友人の顔を交互に見た。その昔、三人が大親友だった頃のように。ところが、一月十二日には――さらに十四日にも――アタスンはジキル邸にはいることを拒絶された。「博士が誰も通さないようにとおっしゃっておられますので」とプールは言った。「誰にも会わない、と」十五日、アタスンはまた訪ね、また拒否された。それまでふた月、毎日のように会っていた友がまた引きこもりに戻ってしまったことは、アタスンの心に重くのしかかった。ジキルに拒絶された日から五日目の夜、彼は助手のゲストを家に招いて一緒に食事をし、六日目にはラニヨン博士の家を訪ねた。

ラニヨン宅では少なくとも門前払いされることはなかった。が、家にはいるなり、アタスンはラニヨン博士の様子の変わりように驚いた。まるで死刑執行令状がはっきりと書かれたかのような顔をしていたのだ。バラ色の顔をしていた男が今は灰色の男になっていた。肉もげっそりと落ちて、見るだに髪も薄くなり、すっかり老《ふ》け込んでしまっていた。しかし、アタスンがなにより気になったのは、これらの急激な肉体的な衰えのしるしより、その眼つきと態度のほうだった。ラニヨンの眼つきも態度もともに、心に深く根づいた恐怖を語っているように思えたのだ。医者が死を恐れるなどありそうもないことだが、それでもアタスンは疑わないわけにはいかなかった。「むしろそうか。ラニヨンは医者だ。自分の体の状態からさきの長くないことがわかり、その事実に耐えられなくなったのだろう」実際、アタスンが顔色の悪いことについて触れると、ラニヨンは自分が最期《さいご》を迎えつつあることをきっぱりとした態度で明かした。

「ひどいショックを受けてね。そのことからはもう回復できないだろう。あと数週間の命だ。まあ、悪くない人生だった。愉《たの》しかったよ。そうとも、アタスン。昔は愉しかった。近頃は時々思うんだが、人間、すべてを知ってしまったら、死んだほうがましと思うようになるんじゃないだろうか」

「ジキルも病気なんだが」とアタスンは言った。「きみは最近彼に会ったか？」

そのことばにラニヨンは表情を変えると、震える腕を掲げ、震える声を張り上げた。「ジキル博士には金輪際会いたくない。噂も聞きたくない。あの男とはもう縁を切った。だから、もう死んだものと思っている男の話など私のまえではいっさいしないでほしい」

「ちょっと待ってくれ」とアタスンは言ったものの、しばらく考えてから申し出た。「私に何かできることはないか？　ラニヨン、私たち三人は古い仲じゃないか。この歳《とし》からはつくりたくてもつくれない友だ」

「もう遅い」とラニヨンは言った。「彼本人に訊《き》くことだ」

「それが会ってくれないんだ」とアタスンは言った。

「そう聞いても私は驚かないね」というのがラニヨンの答だった。「アタスン、私が死んだあといつかきみも事の次第を知ることになるかもしれないが、今は何も言えない。別の話題にしてくれるのであれば、残ってほしい。ぜひともそうしてほしい。しかし、この呪《のろ》われた話を避けることができないのであれば、頼むからもう出ていってくれ。私には耐えられない」

帰宅するなり、アタスンは机についてジキル宛てに手紙を書いた。家に入れてくれないことを非難し、ラニヨンとの不幸な仲たがいのわけを尋ねた。返信は翌日届けられた。感情的なことばがあちこちにつかわれ、ときに気まぐれで暗く謎めいて見える手紙だったが、いずれにしろ、ラニヨンとの不仲はもう取り返しがつかないようだった。「われわれの旧友を非難するわけではないが――」とジキルは綴《つづ》っていた。「われわれふたりはもう二度と会うべきではないという彼の考えについては、私のほうにも異論はない。つまるところ、私は今後徹底した隠遁《いんとん》生活を送るつもりだからだ。だから相手がきみであっても、門を閉ざすことがしばしばあるだろう。しかし、どうか驚かないでほしい。われわれの友情だけは疑わないでほしい。そして、私が暗い道を進むことをどうか許してほしい。私は名状することのできない処罰と危険をともに自らこうむってしまった。私は罪人の筆頭であり、同時に受難者の筆頭でもある。私としてもとても考えが及ばなかったのだ、これほどに人間を人間でなくしてしまう苦痛と恐怖の場所がこの地上にあったとは。アタスン、この私の運命を少しでも楽なものにするのにきみにできることはひとつだけだ。私の沈黙を重んじて赦《ゆる》すこと。それだけだ」アタスンはびっくり仰天した。ハイドの悪い影響が消え、博士は昔の仕事と友人を取り戻したはずだった。つい一週間前には名誉ある明るい老後が彼に微笑《ほほえ》みかけていたのに。なのに一瞬のうちに、友情も心の安寧も、さらには彼の人生そのものが壊れてしまった。これほどに大きく、これほどに思いがけない変化というのは通常、人の狂気を示すものだが、ラニヨンのことばと態度を考えると、もっと深く根差したものがあるように思われた。

一週間後、そのラニヨンは病床に就いた。そして、それから二週間も経たないうちに息を引き取った。悲しみに打ちひしがれた葬儀を終えた夜、アタスンはひとり執務室にはいってドアに鍵をかけると、ろうそくの陰鬱《いんうつ》な光の中に坐り、一通の封筒を取り出して眼のまえに置いた。死んだ友人の直筆で宛名が書かれ、封がされ、死んだ友人の印章が捺《お》されていた。「親展――G・J・アタスンのみ開封可。万が一アタスン死亡の場合、開封せずに破棄すること」とことさらめだつように書かれており、アタスンは読むことをためらった。「今日、友をひとり亡《な》くしたばかりなのに」と彼は思った。「この手紙のせいで、もうひとりも失うことにでもなったら？」それでも、友人の死に報いるためと思って不安を振り払い、封蠟《ふうろう》を剝《は》がした。

中にまた封筒がはいっていた。同じように封をされ、表にはこう記されていた——「ヘンリー・ジキル博士の死亡、または失踪まで未開封のこと」アタスンはわが眼を疑った。またしても〝失踪〟とは。しばらくまえに作成者に突き返した、あの狂気に満ちた遺言状同様、ここでもまた〝失踪〟ということばとヘンリー・ジキルの名前がひとまとめにされていた。しかし、あの遺言状にそうした文言が書かれたのは、ハイドからの不吉な提案によるもので、その目的はあまりに明白で恐ろしいものだった。それが今度はラニヨンの手で書かれているというのはいったい何を意味するのか。すべてを一任された者として、アタスンは少なからぬ好奇心を覚えた。指示を無視して、この謎のど真ん中に身を投じたいと強く思った。しかし、彼にとって職業上の矜持《きょうじ》を忘れないことと、死んだ友人に信義を尽くすことはなにより大切な責務だった。アタスンは封筒を金庫の奥の隅にしまった。

好奇心を抑えつけることは好奇心に打ち勝つことを必ずしも意味しないが、いずれにしろ、アタスンがその日以降も、生き残った友とのつきあいをこれまでどおり積極的に求めたかと言えば、それはいささか疑わしい。友のことを労《いた》わる気持ちに変わりはなかったが、心は落ち着かなかった。恐怖さえ覚えていた。だから、ジキルの家を訪問して門前払いを食わされると、内心むしろほっとした。開《ひら》けたロンドンの空気とざわめきに囲まれて、戸口でプールと立ち話をするほうが気が楽だった。息苦しい室内にわざわざはいり、理解しがたい世捨て人と話をするより。加えて、プールから聞かされるのはあまり愉快な話ではなかった。最近のジキル博士はこれまで以上に研究室の奥の書斎に引きこもり、ときにはそこで眠ることもあるそうで、生気は失せ、口数もめっぽう減り、本を読むわけでもなく、いつも何かに心奪われているように見えるという。そうした代わり映えのしない話を繰り返し聞かされ、さすがにアタスンも心が倦《う》んだ。その結果、ジキルの家から徐々に足が遠のくこととなった。

窓辺の出来事

日曜日、アタスンはエンフィールドとのいつもの散歩に出かけた。ふたりはまた例の脇道にはいって、戸口のまえまで来ると、立ち止まってドアを見つめた。

「少なくとも――」とエンフィールドが言った。「あの話も終わったということですね。ハイドを見ることはもうないわけだ」

「そう願いたいね」とアタスンは言った。「言ってなかったかな? 私自身、あの男に一度会ったんだ。きみの言っていた不快感というのがどういうものかよくわかったよ」

「会ったら誰でもわかりますよ」とエンフィールドは答えた。「それより、あなたは私をとんだ粗忽者《そこつもの》と思ったにちがいない。ここがジキル博士邸の裏口だとは少しも知らなかったなんて! もっとも、そのことが私にわかったのは、あなたがあのときついうっかり口をすべらせたからでもあるわけだけれど」

「いずれにしろ、もう知ってるんだね？」とアタスンは言った。「そういうことなら、袋小路にはいって、窓だけでも眺めてみようじゃないか。正直なところ、哀れなジキルのことがどうにも気になってね。家の外からでも友の存在が感じられれば、彼も少しは安心できるかもしれない」

袋小路はとても寒くていくらかじめじめしていた。頭上の空は高く、夕陽に染まりながらもまだ明るかった。にもかかわらず、路地にはすでにたそがれが迫っていた。三つ並んだ窓の真ん中が半分だけ開いており、ジキル博士が窓辺に坐って外の空気を吸っていた。果てしない悲しみを顔に浮かべていた。絶望の淵《ふち》に立つ囚人さながら。そんな友を見て、アタスンは呼ばわった。

「おおい、ジキル！　少しはよくなったみたいだな」

「いや、アタスン、すごく悪い」と博士はわびしげに言った。「とてもね。もう長くはないだろう、ありがたいことに」

「きみは家の中に閉じこもりすぎだよ」とアタスンは言った。「きみも外に出るべきだ。エンフィールドや私がやっているみたいに体の血のめぐりをよくすることだ（こちらは従弟《いとこ》のエンフィールド、あちらはジキル）。さあ、帽子を取ってこいよ。

私たちと一緒にちょっとばかり散歩をしよう」

「きみはほんとうにいい人だ」とジキルはため息まじりに言った。「そうしたいのはやまやまなんだが。いや、無理だ。やめておくよ。それでも、アタスン、きみに会えてほんとうに嬉しい。こんなに嬉しいこともない。だから、おふたりとも家にあがってもらいたいところだが、今の私の部屋はとても人を招けるような状態ではなくてね」

「だったら」とアタスンは気さくに言った。「われわれはこうして下にいて、きみはそこにいて、このまま話すのが得策だ」

「私もそう言おうと思っていたところだ――」と博士は笑みを浮かべて言った。が、その笑みは博士が言いおえたときにはもう消えていた。卑劣なまでの恐怖と絶望に取って代わられていた。それが下にいるふたりの紳士の血を凍りつかせた。ふたりがそれを見たのは一瞬だった。即座に窓が押し下げられたからだ。しかし、一瞬で充分だった。ふたりはことばもなく踵《きびす》を返し、袋小路を出ると、さらに押し黙ったまま脇道を歩いた。そうして日曜日でも暮らしのざわめきのある大通りに出たところで、アタスンがやっと顔を向けて連れを見た。ふたりとも顔面蒼白《そうはく》になっていた。

そして、その眼にはともに呼応し合うような恐怖が宿っていた。

「神よ、われらを赦したまえ。われらを赦したまえ」とアタスンが唱えた。

おそらくはジキルの自殺を恐れたアタスンのそのことばにも、エンフィールドはきわめて神妙な面持ちでただうなずいただけだった。押し黙ったまままた歩きつづけた。

最後の夜

ある日の夕食後、アタスンが暖炉のそばでくつろいでいると、突然、プールが訪ねてきた。

「これは驚いた、プール。どうしたんだ?」とアタスンは大声で尋ねたものの、プールの表情を仔細《しさい》に見ると、すぐにことばを継いだ。「何があった? 博士の体調がすぐれないのか?」

「アタスンさま」とプールは言った。「大変なことになりました」

「とにかく坐りなさい。このワインを飲むといい」とアタスンは言った。「心を落ち着けて、言いたいことはどんなことでも遠慮せずに言いなさい」

「最近のご主人さまのご様子についてはご存知のことと思います」とプールは切り出した。「もうすっかりご自分の殻に閉じこもっておられまして。最近はまた書斎に引きこもりきりで、とてもいいこととは思えません。あんなことをいいことと思うくらいなら、死んだほうがましです。アタスンさま、私は怖いんです」

「なあ、プール」とアタスンは言った。「もっと具体的に話してくれ。何が怖いんだ？」

「怖くて怖くて。もうほぼ一週間にもなります」とプールはアタスンの質問を頑《かたく》なに無視して続けた。「もう耐えられません」

彼の見かけがその彼のことばの充分な裏づけになっていた。いつもの慇懃《いんぎん》な態度が悪いほうに変わっており、最初に恐怖を伝えたときを除くと、プールはただの一度もアタスンの顔を見ようとしなかった。今もワイングラスを膝《ひざ》の上に置いたまま、眼を部屋の床の片隅にじっと向けて、「もう耐えられない」と同じことばを繰り返した。

「さあさあ」とアタスンは言った。「プール、きみには充分すぎる理由があるのはよくわかった。きわめて深刻なことが起きていることも。さあ、話してくれ」

「人殺しがあったようなんです」とプールはかすれ声で言った。

「人殺し！」とアタスンはとてつもない恐怖とその恐怖に惹《ひ》き起こされた苛立《いらだ》ちを同時に覚え、声を張り上げた。「人殺しとはどういうことだ？　いったい何を言ってる？」

「私の口からは言えません」というのがプールの答だった。「私と一緒に来て、ご自分の眼で確かめていただけませんか？」

アタスンの唯一《ゆいいつ》の答は立ち上がって帽子と外套《がいとう》を手に取ることだった。が、準備をしながら、執事の顔に大きな安堵《あんど》が広がるのを見て驚いた。あまつさえ、アタスンのあとに続こうとしてプールが置いたグラスを見て、ワインにはいっさい口がつけられていないことに気づくと、そのことにも同じくらい驚いた。

いかにも三月らしい、およそおだやかとは言いがたい寒い夜だった。空には風に煽《あお》られて傾いたかのような青白い上弦の月が浮かび、どこまでも薄く、薄地の木綿布のようなちぎれ雲が漂流物さながら空をさまよっていた。風のせいでどうしてもふたりともことばが少なくなり、ともに頬をまだらに紅潮させていた。風は歩行者を通りから掃き出してもいて、なんとも異様な光景だった。ロンドンのその界隈《かいわい》がここまで閑散としているのを見るのは、アタスンにしても初めてのことだった。今はその逆を望みたかった。人間を眼にしたい、人間に触れたいという欲求にこれほど駆られたのは、生まれて初めてとさえ言ってもよかった。抗っても抗っても抗いきれない破滅の予感が彼の心を圧していた。ジキルの家のまえの広場は、風と土埃のるつぼ状態で、風に揺れる細い木々が柵《さく》にぶつかって音を立てていた。それまで一歩か二歩前を歩いていたプールが、歩道の真ん中で不意に歩を止めると、身を切る寒さにもかかわらず帽子を取り、赤いハンカチで額を拭《ふ》いた。拭き取ったその汗は、足早に歩いてきたためにかいたものではなく、首を絞めつけられるような苦悶の冷や汗だった——実際、プールの顔は青ざめ、話す声はしゃがれ、おろおろしていた。

「さあ、着きました。神よ、どうか悪いことなど何も起きませんように」

「アーメン」とアタスンも同調した。

執事はどこまでも用心深くドアをノックした。ドアは開いたものの、チェーンがかけられたままで、室内から声がした。「プール、あんたか？」

「ああ、私だ」とプールは言った。「開けてくれ」

明るく照らされた玄関ホールには、火が燃え盛る暖炉のそばに使用人の男女が全員、羊の群れのように集まって突っ立っていた。アタスンを認めるなり、メイドがヒステリックに泣きだし、料理人が「ああ、神さま！　アタスンさまが来てくだすった！」と叫び、アタスンを抱きしめんばかりにまえに飛び出してきた。

「なんなんだ、どうしたんだ？　全員ここにいるのか？」とアタスンは苛立ったように言った。「こんなことは聞いたこともない。使用人にあるまじきことだ。きみたちの主人が喜ぶとも思えないが」

「みんな怯《おび》えてるんです」とプールが言った。

そのあとに続いたのはただの沈黙だった。誰からも反論はなかった。メイドはさらに泣き声を大きくしていた。身も世もなく泣き叫んでいた。

「静かにしなさい！」とプールが怒ったように言った。その激しい口調が彼自身ひどく神経質になって、頭を混乱させていることの証拠だった。実際、さきほど若いメイドがいきなり悲嘆の叫び声をあげたとき、そこにいる誰もがびくっとして、屋敷の奥に続くドアに恐怖の視線を向けていた。「さあ」と執事は下働きの少年に言った。「ろうそくを持ってきてくれ。今からすぐに確かめよう」そう言って、プールはアタスンにも続くように乞《こ》い、中庭に向かった。

「さあ、こちらへ。できるだけ音を立てないでください。こっちには聞こえても向こうには聞かれないようにしてください。それと、いいですか、万一、部屋にはいるように言われても、絶対にはいらないように」

　アタスンにしても思いがけない展開で、搔《か》き乱された神経に足を取られ、危うく体のバランスを崩しかけた。それでも勇気を奮い立たせると、執事について別棟にはいり、木箱や壜《びん》が散乱する解剖室を抜け、階段の裾《すそ》までたどり着いた。そこでプールが、階段の片側に立って耳をすますよう身振りで示してきた。プールはそのあと燭台《しょくだい》を床に置くと、見るからに覚悟を決めた体《てい》で階段をあがり、赤いフェルトを張ったドアをなんとも頼りなげにノックした。

「ご主人さま、アタスンさまがお見えになりました」そう声をかけながら、同時に耳をそばだてるよう、大きな身振りで改めてアタスンに示した。

　室内から不満げな声が聞こえてきた。「誰にも会うことはできないと伝えておけ」

「承知いたしました、ご主人さま」とプールはどこか勝ち誇ったような声音で言うと、燭台をまた掲げ、アタスンを引き連れて中庭を戻り、広い台所にはいった。火はもう落とされており、虫が床を飛び跳ねていた。

「さて、アタスンさま」とプールはアタスンの眼を見て言った。「あれはご主人さまのお声でしたでしょうか？」

「ずいぶんと変わった気がする」とアタスンは青ざめた顔のまま、それでも相手の眼を見返して言った。

「変わった？　ええ、私もそう思います」と執事は言った。「こちらにお世話になって二十年になる私がご主人さまのお声を聞きまちがえるでしょうか？　いいえ、ちがいます。ご主人さまは殺されたのです――そう、殺されたのです、八日前に。その日、神の御名《みな》を叫ばれたご主人さまの声はみんなが聞いてるんです。だとしたら、ご主人さまのかわりにあの部屋にいるのは誰なのか、なぜ部屋にとどまっているのか、神のみぞ知る恐ろしい謎です、ああ、アタスンさま！」

「なんとも奇妙な話だ、プール。いや、荒唐無《む》稽《けい》な話だ」とアタスンは言って、爪《つめ》を噛《か》んだ。「仮にきみの推測どおりだとしてみよう。ジキル博士は……殺された、と。だとしたら、何が殺人者を部屋にとどまらせているのか、そこのところがわからない。理屈がつかない」

「アタスンさま、あなたはそう簡単にはご納得なさらないでしょうが、それでも申し上げます」とプールは言った。「（もうご存知のことかと思いますが）ここ一週間、彼――あるいはそれ、あるいはあの書斎に棲《す》みついている何か――は昼も夜も何かの薬を調合しようとして、それがうまくいかず、叫んでいるのです。注文の品を紙に書いて階段に放り投げておくというのはあの方——ご主人さまのことです——も時々なさることでした。でも、この一週間はそれしかないのです。注文の紙と閉ざされたドアだけになってしまったのです。ドアのまえに置いた食事も、誰も見ていないときに室内にこっそりと運び入れるといった按配《あんばい》で、それに、アタスンさま、毎日が——そう、それも一日に二度も三度も——注文と苦情の繰り返しなのです。注文があるたびに私は市《まち》じゅうの薬問屋に急いで遣わされます。ところが、その品を買って戻るたびに、純粋な薬品じゃなかったから返品してこいと指示されるのです。別の店への追加注文と一緒に。いったいなんのためのものにしろ、どうしても手に入れたい薬なんでしょう」

「その紙は持っているか？」とアタスンは尋ねた。

プールはポケットを探って、しわくちゃの紙を取り出した。アタスンは紙を受け取ると、ろうそくの明かりに近づいて身を屈《かが》め、慎重に調べた——「ジキル博士から〈モー商店〉への苦言。先日受け取った試料には不純物が含まれており、現在の研究にはまったく役に立たない。以前、一八××年に私は貴店よりいささか多量の薬を購入しているが、同じ品質のものを徹底的に探して、残っていれば早急に送っていただきたい。金に糸目はつけない。私にとってどれほど重要なものか、どれほど大げさに言っても誇張にはならないほどのものなのだ」そこまでは充分冷静な文面だったが、最後に不意に筆跡が乱れ、書き手の感情が爆発していた――「なんとしてもまえと同じ薬を持ってくるんだ」

「これまた奇妙な手紙だな」とアタスンは言ったあと鋭く問い質《ただ》した。「しかし、どうしてこれがきみの手元にある?」

「〈モー商店〉の店員がかんかんに怒って、私に投げ返してきたんです。まるで汚いものでもあるかのように」とプールは答えた。

「これはまちがいなくジキルの筆跡だろうか。どう思う?」とアタスンは続けて尋ねた。

「似ているとは思いました」と執事はどこかしらすねたように言ってから、また別の声音で言いさした。「しかし、誰の筆跡かなんて関係ありません――私は部屋の男を見たんですから!」

「見た?」とアタスンは訊き返した。「それはいったい……?」

「見たんです！」とプールは言った。「こんなことがあったんです――中庭から解剖室にいきなりはいったときのことです。向こうも薬剤か何かを探していて、部屋からこっそり出てきていたんでしょう。書斎のドアが開いていて、部屋の片隅の木箱のあいだでなにやらごそごそやっていました。私がはいっていくと、そいつは顔を起こして、叫び声のような声をあげ、慌《あわ》てて階段を駆けあがり、書斎に戻っていきました。ほんの一瞬の出来事でしたが、私は髪の毛が鳥の羽のように逆立ちました。アタスンさま、あれがご主人さまなら、どうして顔に仮面などつけていたんです？　あれがご主人さまなら、どうしてネズミの鳴き声のような声をあげて私から逃げだしたんです？　私は何十年もご主人さまに仕えてきたんですよ。なのに……」プールはことばを切ると、片手で顔を覆った。

「なんとも奇妙なことばかりだが」とアタスンは言った。「同時に、ひとつ見えてきたこともありそうだ。プール、きみの主人は悪い病気にかかったんじゃないだろうか。そうにちがいない。病人をひどく苦しめ、体も変形させてしまう病気だ。それでおそらく声も変わってしまい、仮面をつけたり、友人たちを避けたりするようになって、さらに特効薬を見つけようと必死になっているのだろう。回復への一縷《いちる》の望みをその薬に託して。哀れなジキル——神よ、願わくは彼の望みが欺《あざむ》かれませんように！　いずれにしろ、プール、今のが私の推測だ。なんと悲しく、ああ、プール、考えるだに心が沈む推測だ。しかし、そう考えるのがなによりわかりやすく自然ではないか。それですべての説明がつく。それでわれわれはみな途方もない恐怖から救われるはずだ」

「アタスンさま」と執事は言った。顔に青白いまだら模様ができていた。「部屋にいたあれはご主人さまじゃありません。それはまちがいありません。私のご主人さまは——」彼はまわりを見まわしてから声を落として続けた。「長身で体格のいい方です。部屋にいたあれは異様に小柄な男でした」アタスンは反論しようとした。が、プールはそれをさえぎって嘆いた。「ああ。二十年も仕えてきた私がご主人さまをまちがえるなんて。そんなことがありうるとお思いですか？　毎朝見ていながら、書斎のドアのどの高さにご主人さまの頭が来るかもわからないとでも？　アタスンさま、仮面をつけたあれはジキル博士ではありません——あれがなんなのか見当もつきませんが、ジキル博士でないことだけは確かです。ですから、私は心から信じられることを申し上げているのです、人殺しがあったと」

「プール」とアタスンは言った。「きみがそこまで言うなら、私としても確かめなければならない。それこそ私の務めだ。きみの主人の気持ちは尊重したい。それに、ジキルがまだ生きていることを示すかのようなこのメモには首を傾げさせられるが、それでもあのドアを破って中にはいるのが私の務めだろう」

「ああ、アタスンさま、よくぞおっしゃってくださいました！」と執事は叫んだ。

「そこで第二の問題だ」とアタスンはさらに言った。「誰がやるか」

「それはもう、あなたさまと私で」勇敢な答が返ってきた。

「きみこそよくぞ言ってくれた」とアタスンは言った。「どんな結果になろうと、きみに貧乏くじを引かせたりはしない。それまた私の務めだ」

「解剖室に斧があります」とプールは言った。「あなたさまはかまど用の火搔き棒をお持ちになってください」

アタスンは粗造りながらずっしり重い道具を手に取ると、重さのバランスを確かめてから顔を起こして言った。「わかっていると思うが、プール、今からきみと私はとても危険な場所に足を踏み入れることになる」

「そうおっしゃいますなら、アタスンさま、確かに」と執事は答えた。

「だから、お互い腹を割って話しておくに如《し》くはない」とアタスンは続けて言った。「お互いまだ口にしていない考えがあるようなら、胸の内を洗いざらい明かし合おうじゃないか。きみが見た仮面の男だが、そいつは誰だったのか、きみにはわかったのか？」

「はてさて。そいつはすぐに部屋に戻ってしまいましたし、体を深く屈めてもいましたので、誰とまでは……」それが執事の答だった。「それでも、もしかしてハイドのことをおっしゃっておられるのなら？——ええ、確かに！　そうです。体も同じ大きさなら、身軽で、すばしっこい動きも同じでした。それに、ほかに誰が別棟のドアから出入りできるというのです？　覚えておられますよね、あの国会議員の殺人事件のときにはまだあの男が鍵《かぎ》を持っていたことは。いや、それだけではありません。アタスンさま、ハイドに会ったことは？」

「ああ」とアタスンは答えた。「一度話したことがある」

「だったら、私どもと同じようにご存知のはずです。あの男にはどこか異様なところがあります——人をぎょっとさせる何かが。これ以上うまく言えませんが、骨の髄から感じられる冷たさというか、不快さというか」

「ああ、私も今きみが言ったようなものを感じたよ」とアタスンは言った。

「そうでしょうとも」とプールは応じた。「猿のようなあの仮面の男が薬品箱のあいだから飛ぶように書斎に戻るのを見たときのことです。私は氷のように冷たいものが背中を這《は》いおりるのを感じました。ええ、ええ、アタスンさま、そんなことは証拠にはならない。それぐらい私にもわかっております。そういうことについてはこれで私も本など読んで知っております。しかし、人間には直観というものがあります。私の聖書に誓って言いましょう、あれはハイドでした！」

「なんと、なんと」とアタスンは言った。「私もそのことを恐れていたんだ。恐ろしいことだが、これはハイドとのつながりが招いた禍《わざわい》だ。起こるべくして起きた禍だ。ああ、確かに。きみの言うとおりだ。哀れなヘンリーは殺されたんだ。しかも殺人者は（いったいどういう目的があってのことかは神のみぞ知るところだが）被害者の部屋にまだ身をひそめている。今こそ復讐《ふくしゅう》のときだ。ブラッドショーを呼んでくれ」

　呼ばれた馬丁は神経を昂《たか》ぶらせ、青白い顔をしてやってきた。

「気丈なところを見せてくれ、ブラッドショー」とアタスンは言った。「この不安がみんなの心を蝕《むしば》んでいるのはわかる。しかし、今こそこの不安に終止符を打つべきときだ。これからここにいるプールと私とで書斎に突入する。うまく行けば、あとは私がすべて責任を取る。どのような咎《とが》も私が負う。一方、どんな不都合が起きるやもしれない。犯人は裏口から逃げ出そうとするかもしれない。だから、ブラッドショー、きみは下働きの少年と裏にまわってくれ。頑丈な棍棒《こんぼう》を持って、棟の戸口で待機していてくれ。さあ、今から十分以内に持ち場につくんだ」

ブラッドショーが立ち去ると、アタスンは懐中時計で時間を確かめた。「さあ、プール、われわれも準備しよう」そう言って、アタスンは火掻き棒を腋《わき》にはさむと、先に立って中庭に出た。ちぎれ雲が月を隠し、あたりは暗かった。高い塀に囲まれた中庭に弱い風が時折吹き込み、足元を照らすろうそくの炎を前後に揺らした。解剖室に着いて身を隠すと、あとはただじっと坐《すわ》って待つだけだった。ロンドンの喧《けん》騒《そう》が陰気にあちこちから聞こえていたが、ふたりのまわりは静かなもので、その静寂を破るのは奥の書斎の床を行ったり来たりする足音だけだった。

「ああやって一日じゅう歩きまわっているのです」とプールが声をひそめて言った。「夜も遅くまでずっと。足音がやむのは薬屋から試薬が届いたときだけです。良心の呵責に苛まれると、人間というのはああも落ち着きをなくすものなのですね。ああ、一歩一歩、歩くごとに汚《けが》れた血が染《し》み出している。アタスンさま、今一度耳をすましてください。もう少し注意して。心を耳に集中させて。そうしてからおっしゃってください。あれがご主人さまの足音かどうか」

軽くて奇妙な足音だった。きわめてゆっくりなのに一定のリズムがあった。確かに、床を軋《きし》ませるヘンリー・ジキルの重い足取りとはちがっていた。アタスンはため息をついた。「ほかに何か変わったことは?」

プールはうなずいて言った。「一度——一度泣き声を聞きました!」

「泣き声? どんな?」アタスンは悪寒《おかん》のような恐怖をにわかに覚えて訊き返した。

「女のような、あるいは迷える魂のような」と執事は言った。「その場を去っても泣き声が心から離れず、私自身も涙があふれそうになるほどでした」

十分が過ぎようとしていた。プールは緩衝材の藁《わら》の山の下から斧を抜き出した。ふたりはドアが照らされるように一番近いテーブルに燭台を置くと、息を殺してドアに近づいた。夜の静寂の中、執拗《しつよう》な足はまだ行ったり来たりを繰り返していた。

「ジキル」とアタスンが高らかに呼ばわった。「どうか顔を見せてくれ」そして待

った。が、返事はなかった。「さきにきちんと警告しておく。われわれみんなが疑

惑を募らせている。私としてはどうしてもきみに会わなければならない。だからこ

れから会いにいく」彼はそこでいったんことばを切ってからまた続けた。「まっと

うなやり方で駄目なら、手段は選ばない。きみの承諾が得られなければ、腕ずくで

もやる！」

「アタスン」声が聞こえた。「後生だからやめてくれ！」

「ああ、あれはジキルの声じゃない――ハイドだ！」とアタスンは叫んだ。「プー

ル、突入だ！」

プールが斧を肩越しに振りおろすと、建物が揺れた。鍵と蝶番《ちょうつがい》が持ちこたえ、赤いフェルト張りのドアが撥《は》ねた。書斎の中から、禍々《まがまが》しい叫び声――恐怖と向かい合った動物の純然たる悲鳴――が轟《とどろ》いた。斧がまた振りおろされると、ドア板がさらに砕け、ドア枠が撥ねた。斧は四度振りおろされた。が、ドアの木は硬く、取りつけられた金具も驚くほど頑丈にできていた。五回目でやっと錠前が砕け散り、ドアの残骸《ざんがい》が部屋の中の絨毯《じゅうたん》の上に倒れた。

ふたりの破壊者は、自分たちの蛮行とそのあとに続いた静寂にしばし呆然《ぼうぜん》として、

すぐには中にはいらず、外から室内をのぞき込んだ。おだやかなランプの明かりに照らされた書斎が眼のまえに広がっていた——暖炉で音を立てて燃え盛る炎、か細い声で歌を歌うやかん、ひとつかふたつ開きっぱなしになっている引き出し、書類が整然と並ぶ仕事机、暖炉の近くには紅茶のための道具一式。どこまでも静かな部屋だった——薬品が並ぶガラス戸棚を除けば、その夜ロンドンで一番ありふれた部屋だったかもしれない。

部屋の中央に男が横たわっていた。痛々しいほどねじ曲がった体を細かく痙攣《けいれん》させていた。ふたりは足を忍ばせて近づくと、男の体を仰向けにさせて、エドワード・ハイドの顔をとくと見た。明らかにジキルのサイズと思われる、はるかに大きすぎる服を着ていた。わずかに残った生命力が顔の筋肉をぴくぴくと動かしていたが、もはや命は消えていた。手にした薬壜は割れ、あたりには砒素《ひそ》を思わせるアーモンドのにおいが漂っていた。アタスンが今見ているのは自殺者の死体だった。それはアタスンにもよくわかった。

「遅すぎた」と彼はしかつめらしく言った。「救うにしても、罰を与えるにしても。ハイドはもう死んだ。あとはきみの主人の遺体を探すことだけがわれわれに残された仕事だ」

解剖室と書斎が別棟の大半を占めており、一階はほぼ全体が天井に明かり採りの窓のある解剖室だった。二階にあるのは書斎だけで、建物の端に位置し、そこからは袋小路が見下ろせた。例の脇道《わきみち》に面したドアと解剖室のあいだに通路があり、二階の書斎へはそこから別の階段であがることもできた。ほかには暗い小部屋がいくつかと広い地下室があり、ふたりはすべての部屋を隈《くま》なく調べた。小部屋のほうはただ一瞥《いちべつ》すればよかった――どこも空っぽで、開けるとドア板からはらはらと落ちる埃《ほこり》を見れば、長いあいだドアが開かれてさえいないのは明らかだった。地下室はがらくただらけで、その多くはかつての持ち主の外科医が住んでいた頃のものだった。こちらもドアを開けただけで、それ以上の探索をしても意味のないことが容易に知れた。何年も入口をふさいでいたと思われる、巨大なクモの巣が垂れたままになっていたからだ。生きているにしろ死んでいるにしろ、ヘンリー・ジキルの痕跡《こんせき》はどんなものもどこにも見あたらなかった。

プールが通路の敷石を踏み鳴らして言った。「この下に埋められているのかもしれません」そう言って、足元の音に耳をすました。

「もしかしたらうまく逃げ出したのか」とアタスンは言って振り返り、脇道に面したドアを調べた。鍵がかかったままになっていた。そこでふたりは足元の敷石の上に鍵が落ちているのに気づいた。すでにひどく錆《さび》ついた鍵だった。

「これは使えそうもないな」とアタスンは言った。

「使うなんて！」とプールは言った。「おわかりになりませんか、アタスンさま？ほら、壊れております。誰かが踏みつけたんです」

「ああ」とアタスンは言った。「破損したところがもう錆《さ》びている」ふたりは不安げな顔を見合わせた。「私にはもうお手上げだ、プール」とアタスンは言った。「書斎に戻ろう」

ふたりは押し黙ったまま階段を上がって書斎にはいると、時折、恐る恐る死体に眼をやりながら、室内を仔細に調べた。机のひとつに化学実験がおこなわれた跡があった。ガラス皿がいくつか並べられ、塩のような白い粉がさまざまな分量で盛られていた。この不幸な男はアタスンたちに邪魔をされる直前まで実験をしていたようだった。

「いつも私が届けていたのと同じ薬品です」とプールが言った。それと同時に、やかんから湯が噴きこぼれる音がして、ふたりは驚いた。

その音に暖炉のそばまで行った。安楽椅子《いす》が一脚、暖炉からほどよい間隔をあけて置かれていた。椅子に坐ったまま手が届くところに紅茶の用意がされ、カップには砂糖まではいっていた。棚には本が数冊。紅茶のための道具の横にも開いたままの本が一冊置かれており、アタスンはそれを見て驚いた。ジキルが何度となくそのすばらしさを説いた宗教書だったのだが、なんとも恐ろしい冒瀆《ぼうとく》のことばが、開かれたページにジキル自身の筆跡で書き込まれていたのだ。

ふたりはさらに部屋の捜索を続け、姿見のまえまで来た。そして、いやおうなしの恐怖に駆られながらも、前屈みになって鏡をのぞき込んだ。が、置かれた向きのせいで、鏡は天井に射《さ》すバラ色の光と、ガラス棚のガラスに繰り返し反射する暖炉の火花と、恐怖に引《ひ》き攣《つ》るふたりの青白い顔以外、何も映し出してはいなかった。

「この鏡は奇妙な出来事をいくつも映してきたことでございましょう」とプールが声を落として言った。

「しかし、一番奇妙なのはこの鏡そのものだ」とアタスンも声を落として言った。「いったいなんのためにジキルは――」そこまで言って、彼は自らのことばに驚き、言いよどんだ。それでも、気を取り直して最後まで続けた。「ジキルはいったいこんなもので何をしたかったのだろう？」

「おっしゃるとおりでございます！」とプールも同意して言った。

次にふたりは仕事机に向かった。整然と重ねられた書類の一番上に大きな封筒が置かれ、ジキル博士の自筆でアタスンの名前が書かれていた。アタスンが封を開けると、同封されていた書類がいくつか床に落ちた。ひとつは遺言状で、半年前にアタスンが突き返したものと同じ異常な条件がいくつも記載され、死亡の場合には遺言書になり、失踪《しっそう》の場合には贈与証書になるものだった。しかし、前回エドワード・ハイドの名前が書かれていた相続人の欄を見て、アタスンは言いようのない驚きを覚えた。なんとそこにはガブリエル・ジョン・アタスンの名が記されていたのだ。アタスンはプールを見やってからまた手紙に視線を戻し、最後に絨毯に横たわる罪人の死体を見て言った。

「頭が混乱してきた。あの男はここ何日もずっとこの遺言状を持っていた。相続人の名前が書き換えられたことに激怒し、さぞ私を恨んだことだろう。にもかかわらず、処分しなかった」

彼は別の書類も急いで取り上げた。博士の筆跡による短い手紙で、上部に日付が書かれていた。「ああ、プール！」とアタスンは嘆きの声をあげた。「ジキルはまだ生きていたんだ。今日までここにいたんだ。これほど短いあいだに死体を始末などできるわけがない。きっとまだ生きている。逃げ出したにちがいない。でも、待て。どうして逃げたんだ？　どうやって？　いずれにしろ、そういうことなら、ハイドの死を自殺と断定していいものかどうか。そう、ここは慎重の上にも慎重を期す必要がある。下手をすると、われわれの手できみの主人を破滅に追い込むようなことにもなりかねない」

「アタスンさま、早く中身を読んでくださいませんでしょうか」とプールは懇願した。

「読むのが怖いんだ」とアタスンはむっつりと言った。「ああ、神よ、どうか恐れる必要など何もないものでありますように！」そう言って、彼は手紙を眼のまえに掲げて読んだ。

親愛なるアタスン——この手紙がきみの手に渡る頃には、私は消えていることだろう。どんな状況下で消えることになるのか。そこまで予見する透視能力は私にはないが、私の本能と、私が置かれた、名づけようのない状況のすべてが私に告げている。終焉《しゅうえん》は確実なものであり、しかも間近に迫っていることを。きみにはまずラニヨンがきみに渡すと言っていた手紙を読んでほしい。そして、さらなる真相を知りたくなったら、私の告白を読んでくれ。

きみにふさわしくない不幸な友人
ヘンリー・ジキル

「もうひとつ同封されていたね？」とアタスンは言った。

「こちらでございます」とプールは言い、数個所を封した分厚い包みを手渡した。

アタスンはそれをポケットにしまうと言った。「この書類については何も言わないでおこう。きみの主人は逃げたにしろ、あるいは死んだにしろ、黙っていればそれで少なくとも彼の名誉は守れる。もう十時だ。一度家に帰って、この書類をとくと読むことにするが、深夜までには戻ってくる。警察を呼ぶのはそれからだ」

ふたりは別棟を出て、ドアに鍵をかけた。アタスンは、玄関ホールの暖炉のまえに集まっている使用人たちをあとに残し、ついに謎《なぞ》を明らかにしてくれる二通の手紙を読むために、重い足取りで家に向かった。

ラニヨン博士の手記

四日前の一月九日、私は夜の配達で書留封筒を一通受け取った。私の同業者で、同じ学校の同級生だったヘンリー・ジキルの筆跡で宛名《あてな》が書かれていた。私たちには手紙を送り合う習慣などなかったので、ずいぶんと驚いたものだ。それにまえの晩、彼とは会って食事をともにしていた。そんな私たちの間柄で、わざわざ改まって書留を送る理由など何も思いつかなかった。が、手紙の内容にさらに驚いた。次のような手紙だったからだ。

一八――年十二月十日。
親愛なるラニヨン
私にとって、きみは一番古くからの友人のひとりだ。科学的な問題に関して衝突することは時折あったが、われわれの友情にひびがはいったことは一度もなかった。

少なくとも私はそう思っている。「ジキル、私の人生と名誉と理性のすべてがきみに懸かっている」ときみに言われたら、私は全財産をなげうってでも、左手を断ち落してでも、きみを助けるだろう。ラニヨン、今は私の人生と名誉と理性のすべてがきみに託されている。今夜きみに見捨てられたら、私は終わる。こんな前置きをするからには、きっと何か卑《いや》しい頼みごとがあるのでは、ときみは思ったかもしれない。卑しいかどうか、その判断もきみに任せる。

まず、今夜のきみの予定はすべてあとまわしにしてほしい――そう、たとえ皇帝の病床に呼び出されていたとしてもだ。きみの馬車がすでに玄関先で待っているのでなければ、辻馬車《つじばしゃ》を拾い、指示の確認のためにこの手紙を持って、まっすぐ私の家に来てほしい。私の家では、私の指示を受けた執事のプールがきみの到着を待っているはずだ。錠前屋とともに。錠前屋がいるのは私の書斎のドアの鍵を壊さなければならないからだ。私の書斎にはきみひとりがはいって、部屋の左側のガラス戸棚（Eの棚）を開けてほしい。施錠されていたら壊してしまってかまわない。戸棚を開けたら、上から四番目（あるいは、同じことだが、下から三番目）の引き出しを中身ごとそっくりそのまま抜き出してほしい。今は頭がとことん混乱しているので、もしかしたら引き出しの指示はまちがっているかもしれない。今の私にはそんな病的な不安がある。しかし、たとえまちがっていたとしても、中身を見ればきみならどの引き出しかわかるはずだ――はいっているのは、粉末が少々、ガラスの小壜が一本、ノート一冊だ。その引き出しを中身ごとそっくりそのまま、キャヴェンディッシュ・スクウェアのきみの家まで持ち帰ってほしい。

ここまでがきみに頼みたいことの第一段階だ。次に第二段階に移る。この手紙を読んですぐに家を出れば、きみは深夜になるかなりまえに自宅に戻れるはずだが、余裕は充分に見ておきたい。それはひとつには、予見も阻止もできない障害に出くわさないともかぎらないからだが、そのあとの仕事をしてもらうには、きみの使用人たちが寝たあと一時間ばかり確保できたほうがいいからだ。午前零時にはきみは診察室にひとりでいてほしい。私の名前を告げて、ある男がきみを訪ねることになっている。きみ自らその男を招き入れたら、私の書斎から持ち出した引き出しをその男に渡してほしい。きみの仕事はそれで終わりだ。それできみは私から満腔《まんこう》の謝意を受けることになる。そのわけをどうしても知りたいなら、きみの仕事が終わって五分も経《た》てば、私の頼みがきわめて重要だったことがきみにも理解できているはずだ。逆に、私の頼みのひとつでも怠れば、その頼みがどれほど異様に見えようと、私の死か、あるいは私の精神の破綻《はたん》に関して、きみは深く良心の呵責を覚えることになるだろう。

きみが私の頼みをいい加減にあしらうなど考えてもいないが、それでもそのわずかな可能性を考えるだけで心は沈み、手が震える。この時間、私は見知らぬ場所にいる。そう思ってほしい。どんなに想像を逞《たくま》しくしても誇張にならない苦痛の闇《やみ》の中でもがき苦しんでいる。それでも私にはわかっている。きみが指示どおりにやってくれれば、私の悩みは物語が語られるように消え去るだろう。親愛なるラニヨン、どうか私の指示を守って救ってくれ——

きみの友なる者を
H・J

追伸

手紙に封をしたあとになって、私の魂は新たな恐怖に襲われた。郵便局の手ちがいで、この手紙がきみの手に渡るのが明日の朝になることも考えられる。親愛なるラニヨン、そのときには、明日、きみの一番都合のいい時間でもかまわないから、同じ手順を踏んでほしい。私の遣いの者はその場合でも真夜中にきみを訪ねるだろう。ただ、そのときにはもう手遅れになっている可能性もある。だから、明日の夜、誰も訪ねてこず、何事もなく過ぎたら、きみは知ることになる。ヘンリー・ジキルはもはやこの世にいないことを。

この手紙を読むなり、私は確信した。私の同業者は気が触れてしまった、と。それでも、そのことにいささかの疑いもなくなるまでは、彼の願いどおりにすべきだとも思った。何が起きているのかもわからないということは、そのぶんことの重要性を判断する立場にはいないということだからだ。それに、これほどにことばを尽くした懇願をなんの責任も負わずに退けるなど、できるものではない。私はテーブルを離れると、辻馬車に乗ってジキルの家へと急いだ。執事が私の到着を待っていた。彼もまた、指示が書かれた書留郵便を今夜の配達で受け取り、すぐさま錠前屋と大工の手配をしていた。私たちがことばを交わしているうちにその職人たちもやってきて、われわれは全員そろって故デンマン博士の解剖室にはいった。(きみももちろん知っていることと思うが) ジキルの書斎へはそちら側からはいるのが一番便利だ。書斎のドアはとても頑丈で、錠前も立派なものだった。力ずくでやれば、ただドアを壊してしまうことになる、と大工は正直に言った。錠前屋もお手上げの体《てい》だった。ところが、この錠前屋というのがなかなか役に立つ男で、ドアは二時間後に開いた。Eの字が書かれたガラス戸棚に鍵はかかっておらず、私はそのまま引き出しを抜き出し、藁を詰めて布に包むと、キャヴェンディッシュ・スクウェアに持ち帰った。

そして、引き出しの中身をひとつひとつ調べてみた。薬の粉末は薬包紙にきれいに包まれていたが、薬剤師の手ぎわのよさは見られず、ジキルが自分で包んだものであることは明らかだった。そんな薬包のひとつを開くと、中には白色の純粋な結晶塩と思われるものがはいっていた。次に私はガラス壜に注意を向けた。血のように赤い水薬が半分ほど入れられており、嗅覚《きゅうかく》を強く刺激するにおいから、燐《りん》と揮発性エーテルを含む溶液と推察された。ほかの成分については見当もつかなかった。ノートはごく普通のもので、ずらりと並んだ日付以外、書かれていることはごくわずかだった。日付は何年にも及んでいたが、一年近くまえにぱったりとだえていた。日付とともに短い書き込みも多数あったが、その多くが単語ひとつで、全部で数百ほどの書き込みの中に〝倍量〟ということばが六回ほど登場していた。リストのごく最初のほうには、感嘆符がいくつもついた書き込みもあった――「大失敗!!!」と。興味はそそられたものの、確かなことは何ひとつわからなかった。チンキらしいものがはいったガラス壜、結晶塩の薬包、実用性には結びつかなかった（ジキルの研究はいつもそうだ）一連の実験記録。これらの品々を私の家に運び込むことで、精神を病んだ同業者の名誉や精神衛生、さらには生命にどんな影響が生じるというのか？　その遣いの男にしたところが、ここに来られるのにどうしてジキルの家には行けないのか？　なんらかの事情があるにしても、遣いの男はどうして夜中にこっそり私に会いにこなくてはならないのか？　考えれば考えるほど、私は今回の件が大脳疾患に関わるものという確信を強めた。だから、使用人たちをベッドに就かせると、自分の身を守らなければならなくなることも考え、古いリヴォルヴァーに弾丸《たま》を込めた。

零時の鐘がロンドンの市《まち》に鳴り響くとすぐ、ドアのノッカーが静かに音を立てた。

私自身が出迎えると、玄関の支柱を背に小男がうずくまっていた。

「ジキル博士の遣いの者かな?」と私は尋ねた。

男はぎこちない身振りで認めた。が、家に招き入れようとしてもすぐには従わず、まず振り返ってうしろの広場の闇に眼を凝らした。遠くないところに警察官がひとりいて、手提げランプを持ってこっちにやってきていた。それを見るなり遣いの男はびくりとして、動きを早めた。私にはそう見えた。

正直に言うが、そういう男の一挙手一投足が不快に思え、私は男のあとから明かりのともった診察室にはいっても、武器から手を離さなかった。さて。そこでついに私にも相手の姿をはっきりと見ることができたわけだが、一度も会ったことのない男だった。それはまちがいない。すでに書いたとおり、小柄な男だった。が、それより強く印象づけられたのは、気味の悪い男の表情だった。また、いかにも筋骨逞しい男の動きをしながら、明らかに重度の障害を思わせる体つきをしており、その異様な組み合わせにも驚かされた。あとひとつ——これが最後ながら、些細《ささい》なことではない——ただそばにいるだけで奇妙に心を乱された。それは顕著な脈拍の低下をともなう悪寒の始まりに似ていた。ただ、そのときには、これは私という個人の特質、個人的な嫌悪によるものと思い、そうした症候があまりに急に出たことに驚いただけだった。が、あとになって私は確信するようになる。私のそのときの反応は、嫌悪を催す原則のせいというより、人間の本質にもっと深く根ざしたもの、もっと崇高な原理に基づくものだった。そうにちがいない。

加えて、この人物（一目見たときから、不愉快な好奇心としか言いようのない思いを私に抱かせた男）は普通の人間なら誰でも噴き出してしまいそうな恰好《かっこう》をしていた。着ている服自体は落ち着いた色合いの上等な生地で仕立てられたものなのだが、どれもサイズがあまりに大きすぎるのだ——ズボンはまるで脚からぶら下がっているようで、地べたにつかないように裾をまくってあった。上着の裾は尻《しり》の下に達し、襟《えり》は肩のほうまで広がっていた。ただ、不思議なことながら、そんな滑稽《こっけい》な姿を見ても私は少しも可笑《おか》しくなかった。私のまえにいるこの〝生きもの〟にはそもそも異常かつ変質的な何か——人の眼を惹《ひ》きつけ、人を驚かせ、不快にさせる何か——があったわけだが、服装に関するこの新たな不恰好さはむしろその何かに釣り合い、さらにその何かをきわだたせている要因になっていた。私は男の本性や性格に加えて、その出自、その人生、その経済状態、その社会的地位にも大いに興味を覚えた。

　文字にするとどうしても長くなってしまうが、私があれこれ思ったのはわずか二、三秒のうちのことだ。実のところ、訪問者は鬱々《うつうつ》としながら興奮もしており、さきを急《せ》いていた。

「持ってきたか？　ここにあるか？」と男はせっぱつまった感じで言い、私の腕をつかんで揺すろうとさえした。

　触れられたとたん、氷のような冷たさをともなう痛みが全身の血管を伝って走ったように感じられ、私は相手を押しやって言った。「落ち着きなさい。お互い挨拶《あいさつ》もまだじゃないか。まずは坐ってくれ、頼むから」そう言って自分のほうから示した。いつもの椅子に坐ってみせた。そうやって、真夜中であることの不安、私自身の先入観、訪問者への恐怖というものをできるかぎり抑え、患者に接するときの普段の態度をなんとか演じてみせた。

　すると、男は「すみません、ラニヨン先生」とすこぶる礼儀正しく応じた。「おっしゃることはごもっともです。つい焦《あせ》って、失礼な態度を取ってしまいました。あなたと同じ仕事をしているヘンリー・ジキル博士に頼まれて来ました。大切な用件で。私が聞いてますのは……」そこで彼はことばを切り、片手で咽喉《のど》に触れた。落ち着いた様子ではあったが、感情の昂ぶりと格闘しているのが見て取れた。「私が聞いてますのは……引き出しが……」

訪問者の動揺ぶりが気の毒になり、おそらく私の中で増していく好奇心も手伝ったのだろう。

「あそこだ」と私は言って、布に包まれてテーブルのうしろの床に置かれている引き出しを指差した。

彼はそこに飛んでいって立ち止まると、片手で心臓のあたりを押さえた。顎《あご》がわなわなと痙攣し、その痙攣のせいで歯がぎしぎしと鳴るのが聞こえた。その顔があまりに幽霊じみて見え、私は男の命と正気を心配して言った。

「落ち着きなさい」

彼はおどろおどろしい笑みを私に向けると、ただならぬ覚悟をしたかのように、布をはずした。そして、中身を見ると、今度は深く安堵《あんど》したような大きなうめき声を一声洩《も》らした。私のほうは驚きのあまり身じろぎひとつできないでいた。次に男は落ち着きを取り戻した声音で訊《き》いてきた。「目盛り付きビーカーはありますか？」

私はやっとのことで椅子から立ち上がると、男が望むものを手渡した。

男は礼のかわりに笑みを浮かべてうなずき、赤いチンキをほんの少々ビーカーに測り入れ、それに薬包ひとつ分の粉を加えた。赤みがかった色合いのその調合物は結晶が溶けるにつれて明るい色に変わった。さらに音を立てて気泡ができ、ついには小さな蒸気が立ちはじめた。そうした化学反応がいきなり終わると同時に、その化合物は暗紫色になり、さらにゆっくりと時間をかけて薄緑色へと変わった。訪問者はこれらの変化を真剣なまなざしで観察し、終わるとまた笑みを浮かべた。そして、ビーカーをテーブルに置くと、振り返って私をしげしげと眺めた。

「さて。このあとどうするか。ここは賢い道を選びますか？　導かれるままの無難な道にしますか？　私がこのビーカーを持ってここから出ていくのを黙って許しますか？　それとも、好奇心という欲には逆らえませんか？　答を出すまえにとくと考えてください。どちらにしろ、あなたの決めたとおりにしますから。ただ、一方の答を選べば、あなたはこれまでどおりここに残されるだけです。より金持ちにもなっていなければ、新たな知識を得たことにもならない。もっとも、死の恐怖の淵《ふち》に立つ人間を助けたということで、あなたの魂はいくらかは豊かになるかもしれないが。一方、あなたがもうひとつの答を選べば、新たな領域の知識が、名声と権力への新たな道が、まさにこの場所でこの瞬間に開かれることになる。悪魔への不信仰を揺るがすほどの不可思議が、あなたの眼のまえに示されることになる」

「ちょっと待ってくれ」と私は頭の中のどこを探しても見つからない冷静さを装《よそお》って言った。「きみの話は謎だらけだ。だから、私がきみの話を少しも信じていなくても、それはきみにとって意外でもなんでもないはずだ。それでも、わけのわからない奉仕をここまでしてしまった以上、私としても結末を知らないままやめるわけにはいかないよ」

「よろしい」と訪問者は言った。「ラニヨン、医者の誓いを忘れないように――これから起きることは、われわれのその誓いに関わることだ。さあ、きみはこれまで偏狭《へんきょう》で物質的な考え方に囚《とら》われ、科学を超越する薬の存在を否定し、自分よりすぐれた者を嘲笑《あざわら》ってきた。さあ、見たまえ！」

男はビーカーを口元に持っていくと、中身を一気に飲んだ。そのあとに叫び声が続いた。男はよろめき、ふらつき、テーブルをつかんで体を支え、充血した眼で虚《こ》空《くう》を凝視し、口を開けて喘《あえ》いだ。私は見た。変化を。そう思った。彼の体が膨張し、不意に顔が浅黒くなり、目鼻立ちがいったん溶けて形を変えた。そのように見えた。その次の瞬間には、私は弾《はじ》かれたように立ち上がっていた。うしろの壁ぎわに飛び跳ね、その不可思議なものから体を守ろうと腕を掲げていた。私の心はすでに恐怖に屈伏していた。

「おお、神よ!」と私は叫んだ。「おお、神よ!」と何度も何度も。なぜとなれば、私の眼のまえに立っていたのは——青白い顔をして震え、意識を朦朧《もうろう》とさせ、死から甦《よみがえ》った男のように両手をまえに突き出して宙をまさぐっていたのは——ヘンリー・ジキルその人だったからだ!

それから一時間ほどかけて彼は私に語ってくれた。が、そのことをここに書き記す気にはなれない。私は見たものを見て、聞いたことを聞いて、それらのことに私の魂は吐き気をもよおした。それは事実だ。しかし、あの光景が私の眼から消え去った今、それを信じるかと自問しても、私には答えることができない。私の人生は根底から揺るがされた。眠れなくなり、今は昼も夜も致命的な恐怖に四六時中つきまとわれている。自分の死期の近いことが感じられる。死ぬにちがいないことが。それでも、私は信じられぬままに死ぬのだ。ジキルが後悔の涙さえ浮かべて、私に明かした道徳上赦《ゆる》されない行為については、思い出すだけで恐怖が体を駆けめぐる。それでも、アタスン、ただひとつ言っておきたいことがある。（きみがそれを信じてくれたら）私にはそれで充分だ。あくまでジキル自身の告白ながら、その夜、私の家にこっそりとやってきた〝生きもの〟は、ハイドという名で知られ、カルー殺害事件の犯人として国じゅうで追われている男だったのだ。

ヘイスティ・ラニヨン

ヘンリー・ジキルが語る事件の全容

一八××年、私は裕福な家庭に生まれ、才能にも恵まれ、生まれつき勤勉な性質《たち》で、賢く善良な人々に尊敬されたいと思い、そのことを愉《たの》しむ人間に育った。そんな私には令名に恥じない傑出した将来が約束されている、と多くがそう思っていたことだろう。ただ、実のところ、私にはいくつかの自分の欠点の中でもひとつ最悪のものがあった。無性に快楽を求めたくなる性向だ。もちろん、そういう性格でもたいていの人はむしろ幸せに生きていけるだろう。が、私には、頭《ず》を高く保っていたい、人のまえでは重々しい威厳を見せていたいという尊大な欲求があり、そういう欲求と自らの性格との折り合いをつけるというのは簡単なことではない。畢竟《ひっきょう》、私は快楽主義を隠して生きるようになった。が、そのように生きて、自分の半生を振り返ってまわりを見渡し、社会での経歴や地位を吟味する歳《とし》になってみると、その二重生活はもはや抜き差しならないほど深いものになっていた。私と同じ不品行の罪を犯しても、たいていの男は逆にそれを吹聴《ふいちょう》しようとさえしたかもしれないが、私の場合、自らに設けた精神の高みのせいで、病的と言えるほどの羞恥心《しゅうちしん》を覚え、ただひたすら隠すしかなかった。だから、私という人間をかたちづくったのは私の欠点である退廃志向ではなく、生来の飽くなき野望と言える。そして、人間は善と悪という複雑な二面性を持つものだが、私の場合、その善と悪との領域を隔てる溝がその野望のためにより深かった。たいていの人間の場合よりはるかに深かった。そのため、私は人生における善悪の法則——宗教の根底に横たわり、最も多くの苦しみを生む源泉のひとつ——を深く執拗に考察しないわけにはいかなかった。私は途方もない二重人格者ではあったが、偽善者では決してなかった。ふたりの私はどちらも真面目《まじめ》そのものだった。抑制が利《き》かず、汚辱にまみれる私も、白日のもと、知識の蓄積や、人の悲しみや苦悩の救済に勤《いそ》しむ私も、どちらも同じ私だった。それには私の医学研究がそもそも神秘的で超自然的なものだったということも幸いした。その研究のおかげで、私の内部で永遠に続く善と悪との争いに強い光をあてることができたからだ。一方、私はそのようにして道徳と理知という両方の知性の観点から日々確実に、あの真実——発見によってもたらされる恐ろしい破滅がそもそも運命づけられていたあの真実——へと近づいていったのだった。その真実とは、人間はひとつから成り立つのではなく、ふたつから成り立つ、ということだ。〝ふたつ〟としているのは、私の現在の知識ではそこから先に進むことができないからで、いずれ同じ研究が続けられ、誰かが私を超える結論を導き出してくれることだろう。ただ、今の私の推論をあえて言えば、人間というものは最終的に、それぞれ異なる多種多様な独立した住人たちの住む純然たる集合体として理解されるようになるだろう。私自身は、私本来の生き方から、あるひとつの方向に向かって、ただひとつの方向にだけ向かって過《あやま》たず確実に進んだ。その結果、倫理的側面と私自身の性格面において、人間の完全で根源的な二面性を認識するようになったのだ。私の意識の中で争うふたつの性質のうち、ほんとうの私はどちらなのか。どちらにしろ、それを的確に言いあてることができたら、それは単に私が本質的にその両方であるからにほかならない。そういうことに気づいたのだ。私は早い時期から——私の科学的発見がこの奇跡の可能性を見いだすずっと以前から——白日夢を見るのが好きだった。人間が抱えるふたつの人格を分離して考えるのが愉しみだった。ふたつの人格が別々の個体に収められていたら、とよく自問したものだ。その人間の人生は耐えがたき悩みのすべてと無縁のものとなるのではないか。〝悪〟のほうは、清廉《せいれん》潔白な双子のかたわれの理想や呵責の念から解放され、堂々とわが道を突き進むことができるのではないか。〝善〟のほうは、すじちがいの〝悪〟がもたらす恥辱や後悔にさらされることなく、喜びの糧《かて》である善行を繰り返し、迷うことなく高潔の道を進むことができるのではないか。この相容《あいい》れない二本の薪《まき》がひとつの束にくくりつけられていることこそ、人類の呪《のろ》いなのではないか。悶《もだ》え苦しむ意識という子宮の中で、北極と南極ほどにもへだたった双子がひっきりなしに取っ組み合っていることこそ。それでは、どうすれば彼らを分離することができるのか？

　私はそうした空想にまさにひたりきっていた。そんなときに、前述したように実験室の実験台からその問題に向けて光があてられたのだ。その光のおかげで、私はあることに気づきはじめた、これまでに示されてきたよりはるかに深く。私たちが服を着て歩くこの体のことだ。一見それは確固たるものに見える。が、もしかしたら非物質的な揺らめきのようなもの、霧のような一時的なものなのではないか。そのひらめきから、私は風が戸外展示場のテントをめくるように、肉という衣服を揺さぶり、引き剝《は》がす力を持つ薬を発見したのである。ただ、ふたつの正当な理由から、この告白では科学的な面には深く立ち入らないことにする。その理由のひとつは長年の経験から学んだ教訓による。運命や人生の重みというのは、永遠に人間の肩に乗っており、それを振り払おうとすると、もっと重く恐ろしい重荷として戻ってくるだけだ。そういうことだ。もうひとつの理由は、これからの説明で、ああ、明らかすぎるほど明らかになることだが、私の発見は不完全なものだったからだ。だから、ここでは次の事実を示すだけで充分だろう。その事実とは、私は生まれ持った自分の体が私の精神をつくり上げた力の霊気や輝きにすぎないことを理解したばかりか、そんな力をその地位から引きずり降ろす薬の調合にも成功し、第二の体と替わりの顔をつくり出すことにも成功したということだ。しかし、それは私にとってごく自然なことだった。なぜとなれば、それは私の魂の下級要素を集めて形にしただけのことだったのだから。

それでも、私はこの理論を実際の実験に移すまで長いことためらった。命を落とす危険さえあることは初めからわかっていた。人の主体性を守る要塞《ようさい》を支配し、揺るがすほどの強力な薬なのだ。ちょっとした過剰摂取や、タイミングを少しまちがえただけで、変化の対象となる非物質的な肉体など完全に損なわれてしまう可能性があった。が、この空前絶後の大発見の誘惑はついに私の警戒心を凌駕《りょうが》する。チンキのほうはずっとまえから準備してあった。私はそれまでの実験から最後に必要な成分としてわかった特殊な結晶塩を薬問屋から一度に大量に購入した。そして、あの呪われた夜遅く、それらを調合した。ビーカーの中で沸騰《ふっとう》したものが煙を出すのを見守り、沸騰が静まると、勇気を振り絞って一気に咽喉に流し込んだのである。

破壊的なまでの痛みが全身を駆けめぐった――骨をすりつぶすようなうずき、猛烈な吐き気、産みの苦しみも死の苦しみもはるかに凌《しの》ぐ魂の恐怖。そんな苦悶《くもん》が急に治まると、まるで大病から回復したかのように私はわれに返った。奇妙な感覚だった。ことばでは表わせないほど新しい感覚だった。その新鮮さのせいだろう、その感覚はこのうえなくさわやかだった。体がより若く、より軽く、より心地よく感じられた。内に向こう見ずな衝動があり、秩序のない淫《みだ》らな空想が水車をまわす水流のように心をめぐった。義務の枷《かせ》が解かれ、未知なのに無垢《むく》とは言えない魂の自由を得たような気がした。その新たな人生における最初の一呼吸から、自分がより邪悪であること、十倍も邪悪な存在になっていること、生まれ持った邪悪さに奴隷《どれい》のようにわが身を売り渡してしまったことがわかった。しかし、そのときにはそんな考えがワインのように私をむしろ元気づけ、愉快にさえさせた。新鮮な感覚に心が躍り、私は両腕を伸ばしてみた。そこでいきなり自分の背丈がちぢんでいるのに気づいたのだ。

その頃、私の書斎には鏡がなかった。今これを書いている私の横にある鏡は、変身用にあとになって持ち込んだものだ。しかし、そのときにはもう夜が明けようとしていた。まだ空は暗かったが、一日の始まりを今にも告げようとしていた。とはいえ、使用人たちはまだぐっすりと眠っている時間帯で、希望と勝利に大得意になっていた私は、この新しい姿で自分の寝室まで行ってみることにした。そのとき中庭を横切りながら、つくづく思ったものだ。不寝《ねず》の番をしている頭上の星座たちは私を見下ろし、こんな生きものを見るのは初めてだと驚いているにちがいない、と。自らの家で自ら部外者となった私はこっそりと廊下を進んで自室にはいった。そして、そこで初めてエドワード・ハイドの姿を眼にしたのだ。

私はここではあくまで理論だけに基づいて——事実として知っていることではなく、論理的にありうることを——話すべきだと思うが、私の邪悪な側面は、明確な力を与えられてもなお、お役御免となった私の善良な側面より弱く、未発達なものだった。というのも、それまでの私の人生は九割方、努力、廉潔、抑制というものに支配されており、邪悪さのほうは実践され、利用され尽くす機会がずっと少なかったからだ。エドワード・ハイドがヘンリー・ジキルよりずっと小柄で痩《や》せていて若かったのは、そのせいだろう。加えて、ジキルの顔には善が光り輝いていたのに対して、ハイドの顔には悪が露骨にあからさまに塗りたくられていた。あまつさえ、悪は（悪とは人間の破滅的な側面だと私は今でも信じているが）奇形と退廃のしるしをしっかり体に刻みつけていた。にもかかわらず、鏡に映った醜い虚像を見て、私が覚えたのは嫌悪《けんお》感ではなかった。むしろ小躍りして受け容れたくなるような喜びだった。これもまた私なのだ。その私はいかにも自然で、人間的に思えた。私の眼にはより潑剌《はつらつ》とした精神の像として映った。単一で、より明示的に見えた。それまで習慣的に自分のものとしてきた不完全な、二面性のある顔ではなくなっていた。そういうことに関するかぎり、私は少しもまちがっていなかった。エドワード・ハイドの外見をまとうと、誰もが私を避け、見るからに怯《おび》えたような眼を向けてきたわけだが、思うに、それはわれわれが出会うすべての人間は善と悪が混じり合った存在なのに対し、エドワード・ハイドはあらゆる階層の人間の中でただひとり、純粋な悪だけを備えていたからではないだろうか。

鏡のまえでゆっくりとはしていられなかった。第二の決定的な実験が残っていたからだ。私は自らを回復不能なほど失っていないかどうか。それを確かめてみる必要があった。もとの姿に戻ることができなければ、夜が明けるまえに、もはや私のものではなくなっていることになるこの家から逃げ出さなくてはならない。急いで書斎に戻り、もう一度薬剤を調合して飲み、もう一度解体の痛みに耐えた。それでもとの自分に戻ることができた——性格も背丈も顔もヘンリー・ジキルに戻れた。

要するにその夜、私は運命の岐路に立っていたということだ。もっと高貴な精神で実験していたら、寛大で敬虔《けいけん》な向上心をもって実験に臨んでいたら、結果はまったくちがっていただろう。あの産みの苦しみと死の苦しみのあとに姿を現わしたのは、悪魔ではなく天使だったにちがいない。薬剤は状況によって効果が変わるわけではない。薬自体は善でも悪でもない。私の人格という牢獄《ろうごく》の戸を揺さぶっただけのことだ。その結果、聖書に出てくるフィリピの囚人さながら、中にいた者たちが外へと飛び出したにすぎない。あのとき私の善は眠っていた。一方、野心に眼を爛々《らんらん》と輝かせていた悪はその機会を逃さなかった。だからエドワード・ハイドが出現したのだ。なのに、外見同様ふたつの性格を持ちながら――ひとつは完全なる悪で、もう一方は古いヘンリー・ジキルのままなのに――私はもはやそうした矛盾した複合体の矯正も改善もあきらめてしまっていた。つまるところ、流れはどこまでも悪い方向に向かっていたということだ。

それでも、そのときになってさえ私は味気ない研究人生への嫌悪を捨てきれずにいた。なおも快楽に心惹かれていた。そして、その快楽というのが私の場合（ひかえめに言っても）威厳を損なうものだった。私は世に知られ、世評も高い人間であるだけでなく、歳を取りつつもあったわけだが、私の人生におけるこの矛盾は、日に日に受け容れがたいものになっていった。新たな力はそうした面で私を誘惑し、最後には私を奴隷にした。ビーカーの中身を飲むだけでよかった。それで高名な教授の肉体を脱ぎ捨て、分厚いマントのようにエドワード・ハイドを身に着けることができるのだ。そう思っただけで、笑みがこぼれた。そのときにはそれがユーモラスなことにさえ思えたものだが、それでも準備はどこまでも慎重に進めた。警察に突き止められはしたが、あのソーホーの家を購入し、家具をそろえ、口が固くて融通の利くことがわかっている女を家政婦に雇った。一方、私の家の使用人たちには、ミスター・ハイドの名を教え（風貌《ふうぼう》も説明して）わが家を自由に使わせるよう命じた。念のために、ハイドの姿になってわが家を訪ね、使用人たちにその姿を馴染《なじ》ませるといったことまでした。次に、きみはずいぶんと反対したが、遺言状を書き換え、ジキル博士である私の身にどんなことが起きても、金を失うことなく、エドワード・ハイドとして人生を引き継ぐことができるようにした。そうやって四方の守備を固めてから、いよいよこの特異な免責を行使しはじめたのである。

悪党を雇って罪を犯させ、自らは陰に隠れてその身と評判を守る人間は昔からいる。私は純粋な喜びだけのために罪を犯した初めての男だ。公衆の面前では見苦しくない体面を保ちながら、そうした貸し衣裳《いしょう》など男子生徒のようにいとも簡単に脱ぎ捨て、自由の海に頭から飛び込むという芸当をやってのけたのも私が初めてだろう。が、私に関するかぎり、鉄のマントのおかげで完璧《かんぺき》な安全が保障されていた。考えてもみてほしい――ハイドはどこにも存在しないのだから！　研究室の中まで逃げてくれれば、常備してある薬を混ぜて飲むのにほんの一秒か二秒あればいい。何をしたところで、エドワード・ハイドは鏡の上の息の曇りのように消えてなくなる。かわりにそこにいるのは、落ち着き払って書斎のランプの芯《しん》を調え、どんな疑惑を向けられようと笑っていられる男――ヘンリー・ジキルその人なのだから。

　私が姿を変えて急《せ》いて求めた喜びは、すでに書いたとおり、威厳を損なうものだったわけだが、それ以上にひどいことばをつかわなければならないほどのものでもない。ところが、エドワード・ハイドの手にかかると、すぐにすべてが極悪非道へと向かいはじめた。だから、そんな極悪非道の遠足から家に帰ると、もうひとりの自分の悪行のひどさに愕然《がくぜん》とすることがよくあった。私が自らの魂から呼び起こし、ただおのれの喜びを満たすことを目的に送り出したこの分身は生来、残酷で邪悪な存在だった。何をするにも何を考えるにも自己中心的で、あらゆる度合いの苦しみを他者に与えることを喜びとし、その喜びを獣のように貪《むさぼ》って、石像のように無慈悲でいられる存在だった。だから、そんなエドワード・ハイドの蛮行をまえにして、ヘンリー・ジキルはときに茫然《ぼうぜん》と立ち尽くしたものだ。が、状況はあまりに常軌を逸していた。そのため彼の良心は知らず知らず鈍麻していった。結局のところ、すべてはハイドの仕業で、罪があるのはハイドだけだと私は自分に言い聞かせた。実際、ジキルのほうは少しも悪くはならなかった。眼が覚めても、それまでの善良さは、見るかぎり少しも損なわれていなかった。可能なときには、ハイドの悪行を慌《あわ》てて償ってまわりさえした。つまるところ、彼の良心は惰眠を貪っていたということだ。

私が黙認した悪行（今でさえ自分が犯したという認識はほとんどない）については、その仔細《しさい》に分け入るつもりはないが、わが身に迫る懲罰の足音と警鐘はたえず聞こえていた。そのことは言っておこう。大事には至らなかったので、ただ語るにとどめるが、私はある事件に遭遇した。子供への暴力行為がある通行人――先日それがきみの親類だったことがわかった――の怒りを買ってしまったのだ。医者と子供の家族もその通行人に加わったときには、身の危険さえ感じた。最後には、彼らの当然の憤懣《ふんまん》をなだめるため、この家の戸口まで彼らを連れてきて、ヘンリー・ジキルの名で小切手を切って渡さなければならなかった。ただ、こうしたことがその後も起こる危険については、別の銀行にエドワード・ハイド名義の口座を開くことで容易に消し去ることができた。さらに、自分の筆跡の角度を変えて、分身に署名まで与えてやったときには、もはや自分は運命の手の届かないところにいるなどと思ったものだ。

ところが、ダンヴァース卿《きょう》殺害事件の二ヵ月ほどまえのことだ。いつもの冒険に出かけ、夜遅くに帰宅して翌朝、眼を覚ますと、どこかしら奇妙な感覚を覚えた。まわりを見渡しても何も変わらなかった。まちがいなくそこは広場に面した自宅の寝室だった。高い天井、高級な家具、ベッドを囲むカーテンの柄にもマホガニーの木枠のデザインにもなんら変わりはなかった。にもかかわらず、何かのせいでまるで自分がその部屋に存在していないかのような感覚を覚えたのだ。眼を覚ましたのはその部屋ではなく、エドワード・ハイドの体で眠るのに馴染んだソーホーの家の小部屋のような気がしたのだ。私はひとりほくそ笑み、その錯覚を惹き起こしている要素について、自分なりの心理学でぼんやりと考察しはじめた。そうしながらも何度かまた朝の心地よい眠りに落ち、それよりさらにはっきりと眼が覚めた状態で、ふと自分の手に眼を落としたときにもまだ考えていた。（きみもよく言及したことだが）ヘンリー・ジキルはいかにも医者らしい形と大きさを持つ手をしている——大きくて、逞しくて、白くて、上品な手だ。それが午前半ばのロンドンの黄色い光の中、私がそのとき見た、寝具の上で半開きになっているその手は、痩せ細り、すじ張って節くれだち、血色が悪く、大量の毛に黒々と覆《おお》われていた。エドワード・ハイドの手だったのだ。

どこまでも呆《ほう》けたようになっていたにちがいない。三十秒近くもただじっと手を見つめていた。そこで不意にシンバルが大きく打ち鳴らされたかのように、恐怖に胸を打たれ、私はベッドを飛び出し、鏡のまえまで走った。そして鏡に映る姿を見るなり、全身の血が何かとてつもなく薄く、氷ほどにも冷たいものに変わってしまったような気がした。そう、私はヘンリー・ジキルとしてベッドに就き、エドワード・ハイドとして眼を覚ましたのだ。どう説明すればいいのか？ 私は自問した。が、すぐに別の恐怖に襲われた——どうすればもとに戻れるのか？ 夜はとっくに明け、使用人たちはもうすでに起き出していた。薬はすべて書斎にあった。恐怖に打たれて突っ立っているその場所からは遠い道のりだ。ふたつ階段を降り、廊下を抜け、中庭を横切り、解剖室を通らなければならない。もちろん、顔を何かで覆っていくこともできた。しかし、背丈の変化まで隠せないのであれば、そんなことをしてどんな意味がある？ そう自問した次の瞬間、私は横溢《おういつ》的なまでの安堵を覚えた。私の分身がこの家に出入りしているのはすでに使用人も知っていることではないか。私はすぐさまジキルのサイズの服をできるだけうまく着こなして、家の中を抜けた。途中で出会ったブラッドショーは、奇妙な時間に奇妙なところでハイドに出会い、思わずあとずさりしたが、それでも十分後にはもう、ジキル博士はもとの姿に戻って、暗い顔で食卓につき、朝食を食べるふりをしていた。

　実際、食欲などほとんどなかった。この説明のつかない出来事、これまでとは逆のこの経験は、聖書に出てくる、バビロンの王宮の壁に文字を書いた指のように、私への審判の文字を綴《つづ》っているように思われ、私はその後自らの二面性が抱える問題とその可能性について、それまで以上に深く考えるようになった。実のところ、私が生み出すことのできる分身は、その頃にはよく体を動かし、栄養も充分にとるようになっており、身長も伸びたように思われ（その中にいると）血がより豊かに全身をめぐっているのが意識され、私としてもひとつの危険性を疑わないわけにはいかなかった――この状態がさらに続くと、私の人格は永久にバランスを欠くことになるのではないか。自在に変身する力が失われ、エドワード・ハイドに体を乗っ取られてしまうのではないか。そもそも薬の効果自体いつも同じとはかぎらなかった。ごく最初の頃には一度大失敗をしたこともある。そのあと、二倍に増量せざるをえないときが一度ならずあり、さらに一度、死の危険をも省みず、三倍に増量したこともあって、稀《まれ》にしろ、そのような不確実性が私の満足に唯一《ゆいいつ》の影を落としていた。しかし、その朝の出来事に鑑《かんが》みれば、次のように言わざるをえない。初めの頃、むずかしかったのはジキルからハイドへの変身だったが、今はハイドからジキルに戻るほうがむずかしくなっている。徐々にではあるが、確実にその傾向が強まっている。私にはこれらすべてが一点を指し示しているように思えた――私という人間はもともとの善良な自分を少しずつ失い、ゆっくりと第二の邪悪な自分に組み込まれようとしている。

そのふたつのはざまに置かれ、私はどちらかを選ばなくてはならないと思った。私の中のふたつの人格は記憶こそ共有しているものの、それ以外の能力はそれぞれが別々に、どこまでも不平等に備えている。善と悪を併せ持つジキルは今ではきわめて厄介な不安を抱えながら、なおも快楽を求めてハイドのために冒険を計画し、その喜びを共有している。一方、ハイドのほうはジキルに無関心だ。あるいは、山賊が追っ手から逃れるための洞穴程度にしかジキルのことを考えていない。要するに、ジキルは父親が子供に向ける関心以上のものを抱いているのに対し、ハイドは息子が父親に向ける無関心にも満たないものしか抱いていないということだ。ジキルと運命をともにすれば、長年ひそかに愉しみ、近頃は充分すぎるほど満たされている欲望に別れを告げることになる。一方、ハイドと運命をともにすれば、数えきれない知識への欲求と向上心を捨て去り、一瞬にして、そして永遠に、すべての友を失い、人々に軽蔑《けいべつ》される身となる。このふたつはいかにも釣り合いの取れない選択肢に見えるかもしれない。が、もうひとつ秤《はかり》にかけて考えなければならないことがあった。それは、ジキルのほうは禁欲の業火《ごうか》に焼かれて苦しむことになっても、ハイドのほうは自分が何を失おうとまったく気づかないということだ。私が置かれているのは奇妙な状況ではあった。しかし、この手の問題は人間そのものと同じくらい古くてありふれたものだ。罪に心惹かれておののく罪人には誰にも誘惑と警告がさいころを振る。それと少しも変わらない。そのさいころが多すぎる同輩に振られるように私にも振られただけのことだ。そして、私は善を選んだ。が、そのあと善を保ちつづける強さが自分にはないことに気づかされたのだった。

そう、私も一度は不満だらけの年配の博士——友人たちに囲まれ、正直な希望を胸に抱く博士——のほうを選んで、それまでハイドを装って愉しんできた自由にも、相対的な若さにも、軽い足取りにも、躍る脈動にも、秘密の喜びにもきっぱりと別れを告げたのだ。ただ、その選択をしながらも、同時に無意識のうちに逃げ道を残していたのだろう。ソーホーの家を売ることもしなければ、エドワード・ハイドの服も捨てずに書斎に置いたままにしたところを見ると。とはいえ、それから二ヵ月、私は自らの選択に忠実に従った。二ヵ月間、それまで経験したこともないほど厳格な日々を送り、それと引き換えに良心が得心する喜びを享受《きょうじゅ》した。しかし、日が経《た》つとともに警戒心が徐々に薄れ、良心を満たすことの喜びもついにはなんの刺激もないものになった。ハイドが自由を求めてあがくのと同じように、私は苦痛と渇望《かつぼう》に苦しめられるようになった。そして、自分を律する心の弱さから、最後にはまたあの変身の薬を調合して飲んでしまったのだ。

呑《の》んだくれは、自らの悪癖について考えることはあっても、酒が肉体的感覚をひどく麻痺《まひ》させることの危険性についてまでは五百回に一回も考えない。私もそれと同じだった。自分の地位を考慮しながらも、悪行に手を染めることの非道徳性と愚かな願望――エドワード・ハイドの一番の特徴――については充分に斟酌《しんしゃく》しようとしなかった。畢竟《ひっきょう》、そのためにこそ罰せられたのだ。長く閉じ込められていた私の悪魔が吠《ほ》え声をあげて檻《おり》の中から飛び出してきた。その頃の私は薬を飲んだときにはもう、以前にも増して束縛から解き放たれた気持ちになっていた。悪に向かって突き進みたいという激しい思いに駆られているのが自分でもわかった。あの不幸な犠牲者の礼儀正しいことばを聞いたとき、私の魂の中で大嵐《おおあらし》のような怒りが爆発したのは、おそらくそんな思いのせいだろう。道徳的に正気を保った人間であれば、あんなに些細なことであれほどひどい罪を犯せるわけがない。それだけは神のまえに誓って言える。病気の子供が苛立《いらだ》っておもちゃを壊すのと変わらない。私にはその程度の理性しかなかったということだ。誘惑の道を歩くときには、どれほど低劣な輩《やから》もいくらかは本能のバランスを保とうとするものだ。なのに、私はそんなバランス感覚を自らすべて捨て去ってしまったのだ。どんなに些細な誘惑にも屈してしまうほどに。

　現に反射的に地獄の魂が私の中で眼を覚まし、暴れまわった。有頂天になって、私は杖《つえ》を振りおろすたびにこの上ない喜びを味わい、無抵抗の体を容赦なく打ちのめした。そうしてさすがに疲れてきたところでやっと、興奮の絶頂にいながら突如として恐怖のひんやりとした戦慄《せんりつ》に心臓を貫かれたのだ。眼のまえの靄《もや》がいきなり晴れ、自らの命をも危険にさらしていることを悟ると、私はすぐさまその残虐《ざんぎゃく》の現場から逃げ出した。喜びと恐怖が入り交じる中、悪への渇望が刺激され、充足されながらも、生への執着が何にも増した。ソーホーの家まで走って戻ると、（念には念を入れて）証拠となりそうな書類はすべて焼却してからまた家を出て、街灯に照らされた通りを歩いた。分け隔てられたふたつの恍惚《こうこつ》を味わいながら、自らの犯罪にひとりほくそ笑み、呑気《のんき》に今後の計画を練った。そうしながらも、追っ手の足音に耳をすまし、先を急いだ。そして、鼻歌を歌いながら薬を調合し、死んだ男に乾杯までして一気に呷《あお》った。一方、ヘンリー・ジキルのほうは身を裂くような変身の激痛も終わらないうちから、感謝と後悔の涙を流した。ひざまずき、合わせて握りしめた両手を神に差し伸べた。頭から爪先《つまさき》まで覆っていた放蕩《ほうとう》のヴェールが裂け、私はこれまでの人生を振り返った。父に手を引かれて歩いた幼少期、自分に打ち勝ち、医学の研究に邁進《まいしん》した日々。しかし、何を考えても最後には、非現実的な感覚とともに、有無を言わさぬその夜の恐怖にたどり着いた。できるなら、大声で叫びたかった。私は涙と祈りで、意に反して記憶が呼び覚ます恐ろしいイメージと音の群れを必死になだめ、努めて抑えた。そんな懇願のあいだにさえ、邪悪な私の醜い顔が私の魂をのぞき込んでいたが、それでも後悔の念がさほどひりひりとしたものでなくなると、嬉《うれ》しさがあとに続いた。私の取った行動に対する問題はもはや解決していた。今後、ハイドが出てくることなどありえない。それを自分が望もうと望むまいと、私は今後、善良な人格にだけとどまって生きていく。ああ、考えただけでもなんと喜ばしいことか！　持てる謙虚さを総動員して、私は自然な人生にともなう制限の数々を新たに受け容れた。心からの禁欲を宣するため、いつもハイドが出入りしていたドアを施錠し、その鍵《かぎ》を地面に捨て、踏みつけて壊すことまでやってのけた！

ところが、翌日には、殺人を目撃した者がいたこと、犯人はハイドであることが社会に知れ渡っていること、殺人の犠牲者が社会的地位の高い人物だったことがニュースとして報じられた。それは単なる犯罪ではなく、愚劣な悲劇だった。しかし、その事実を知らされたことは私にとってむしろいいことだったと今は思う。死刑台に対する恐怖によって、私の善に向かう衝動はより強まり、より保護されることになったからだ。かくしてジキルは私の逃れの町となった。今後一瞬でもハイドの出現を許したら、あらゆる者たちの手が振り上げられ、ハイドは捕まり、殺されることになる。

そう思い、私は自らの将来を過去の償いに充《あ》てることに決めた。そんな私の決意はそれなりに実を結んだ。正直、そう言える。昨年の最後の数ヵ月、他人の苦悩を取り除くことに私がどれほど真摯《しんし》に取り組んだか、他人のためにどれほどのことをしたか、それはきみも知っているとおりだ。おかげで私の日々は静かに、ほとんど幸福に過ぎた。しかも、そんな慈悲深く汚《けが》れのない日々を送っていても、私はそれに倦《う》むことがなかった。むしろ、そういう暮らしをますます愉しむようにさえなっていった。それでもなお私は自らの目的の二重性に呪われていた。最初の悔悛《かいしゅん》の矛先が鈍りはじめると、底辺にひそむ私——長いこと放埓《ほうらつ》に振る舞い、最近になって鎖につながれた私——が自由を求めてうなり声をあげはじめた。といって、ハイドを再出現させることを夢見たわけではない。そんなことは考えただけで心底恐ろしかった。そうではない。あくまで自分自身の問題として、私は自分の良心を軽んじる誘惑にまた駆られはじめたのだ。そして、最後にはどこにでもいる隠れ罪人の常として、誘惑の攻撃に屈してしまったのだった。

終焉《しゅうえん》はあらゆるものに訪れる。どんなに大きな容器も最後にはいっぱいになる。私の魂の均衡もついにはそんな悪への些細な譲歩のせいで崩れた。しかし、私はいかなる警戒もしておらず、その崩壊はいかにも自然なことに思えた。薬の発見以前の日々にただ戻っただけのことのように。そんな一月のある晴れたさわやかな日のこと、足の下には溶けた霜にぬかるんだ地面、頭上には雲ひとつない空が広がり、リージェンツ・パークは冬鳥のさえずりと春の甘い芳香に満ちていた。そうした陽光を浴びて私はベンチに坐《すわ》り、私の内なる獣は記憶の断片を舐《な》め、私の精神は、あとに続く後悔を予感して、まだ動こうとはせず、微睡《まどろ》んでいた。そういう中で私は思った——結局のところ、私も隣人たちとなんら変わらないではないか。他人と自分とを比較すると、自分の積極的な善行と、無視による彼らの残酷な怠惰とを比較すると、思わず笑みがこぼれた。そんな自惚《うぬぼ》れにひたっていたまさにそのときだ。突然の眩暈《めまい》に襲われ、ひどい吐き気を催し、体がわなわなと震えだした。それが収まると、私は気を失い、しばらくして意識が戻ると、自分の内なる変化にまず気づかされた。より大胆になっていた。危険を侮《あなど》るようになっていた。義務の戒めから解放されていた。自分の体を見下ろした。ちぢんだ手足に衣服がだらりとぶら下がり、膝《ひざ》に置いた手はすじばって、毛に覆われていた。またエドワード・ハイドに戻っていたのだ。私はその直前まで誰からも敬われ、愛される裕福な男だった。自宅の食卓では私のために用意された料理が待っているはずだった。それが突然、世間の攻撃の的として追われ、家もない、世に知られた殺人犯になっていたのだ。絞首《こうしゅ》台《だい》行きの奴隷になり果ててしまっていたのだ。

私は動揺した。が、私の理性は私を完全には裏切らなかった。これまでに一度ならず気づかされていたことだが、私の能力は第二の人格のほうがより研ぎすまされる。精神も緊張感を保ったままより柔軟に働く。だからそのときも、ジキルなら屈していたかもしれない重大危機にハイドは即応した。薬は書斎のガラス戸の中にあった。どうすればそこまでたどり着けるか。それこそ（私は両手でこめかみを揉《も》んだ）真っ先に解決すべき問題だった。研究室のドアには鍵がかかっている。屋敷の側からはいろうとすれば、自らの使用人たちの手によって絞首台送りにされてしまう。誰かの力を借りなければならない。そう思って、ラニヨンのことが頭に浮かんだのだ。が、どうすれば彼と連絡が取れる？　どんなふうに彼を説得すればいい？　通りでは誰にも気づかれずにすんだとしても、どんなふうに彼のまえに姿を見せればいい？　どうすれば氏素性のわからない胡散臭《うさんくさ》い訪問者に著名な医師を説得できる？　そんな医師に同業のジキルの書斎から薬を持ち出せなどと命じられる？　そのときだ。私は自分にはまだ第一の人格の一部が残っていることを思い出した。まだジキルの筆跡で文字が書けることを。そうひらめいたとたん、自分のたどるべき道すじが最初から最後まで明るく照らし出されたのがはっきりとわかった。

私はすぐに身なりをできるかぎり整えて、通りがかった辻馬車《つじばしゃ》に乗ると、たまたま名前を覚えていたポートランド・ストリートのホテルに向かった。私の外見（その中にどれほど悲劇的な運命が包まれていようと、傍から見れば滑稽《こっけい》なだけの衣装）を見て、御者は込み上げる笑いをこらえられなかった。が、私が歯を軋《きし》らせて悪魔のように怒鳴りつけると、その顔から笑みが消えた。御者は運がよかった――いや、それ以上に私も運がよかった。あと少しでも長く笑われていたら、御者台からそいつを引きずりおろしていたにちがいない。ホテルにはいると、鬼の形相でまわりに睨《にら》みを利かせた。従業員たちはみな震え上がり、私のまえでは誰ひとり視線を互いに交わそうとしなかった。ただ私の指示にへつらうように従って、部屋まで私を案内すると、ペンと便箋《びんせん》を持ってきた。今や、ハイドは自らの命に関わる危険を感じて、私の知らない生きものに変貌していた。獰猛《どうもう》な怒りに震え、人殺しの衝動につながれ、人に痛みを与えることを渇望していた。と同時に、この生きものは明敏でもあった。少なからぬ意志の力で怒りを抑え、ラニヨンとプール宛《あ》てに二通の手紙を認《したた》めた。さらに、投函《とうかん》されたことがきちんとわかるように書留郵便で送ることを指示した。

そのあとは日がな一日、爪《つめ》を嚙《か》みながら暖炉のそばに坐って過ごした。夕食は不安を抱えたままひとりで食べた。給仕も見るからに怯えていた。そうして夜がふけると、彼は箱馬車の席の隅に坐ってホテルを出発し、街中を行ったり来たりした。彼――〝私〟とは呼べないので〝彼〟と呼ぶが――彼には……あの地獄の子には人間的なところは少しもない。彼の内にあるのは恐怖と憎悪だけだ。しばらくのち、御者が不審に思いはじめたような気がして、彼は馬車を降りると、ちぐはぐな服のまま――いかにも人の眼を惹《ひ》く恰好《かっこう》のまま――夜の歩行者に交じって、あえて歩いた。彼の中では恐怖と憎悪というこのふたつの感情が大嵐のように猛《たけ》り狂っていた。その恐怖のせいでどうしても歩が速くなった。自分を相手にあれこれ無駄口を叩《たた》きながら、人通りの少ない道をこそこそと歩き、午前零時までの一分一分を数えた。一度、女が声をかけてきた。マッチか何かを売ろうと差し出してきたのだろう。ハイドはその女の顔をしたたか殴りつけた。女は大慌てで逃げ去った。

ラニヨンの診察室でジキルに戻ったときには、旧友の恐怖にさすがに私も心をいくらかは動かされたかもしれない。なんとも言えないが、しかし、彼の恐怖など自分のしたことを嫌悪する私の思いに比べたら物の数にもはいらない。変化が終わると、ハイドにまた戻ってしまうのではないかという恐怖が、それまでの絞首台に対する恐怖に取って代わった。私は半ば夢の中のことばのようにラニヨンの非難を聞き、半ば夢の中の出来事のように自宅に戻り、ベッドにはいった。一日の疲れがどっと出て深い眠りに落ちた。絞首台の悪夢を見ても覚めることのない、抗しがたい底なしの眠りだった。翌朝、震えながら眼が覚めた。自分がいかにも弱々しく感じられたが、いくらかは元気を取り戻していた。私の中で眠る獣性を思うと嫌悪と恐怖を覚え、ぞっとするような危険にさらされた昨日のことを忘れることは、もちろんできなかったが、それでも私はまた家に戻ることができたのだ。自分は自宅にいて、薬はすぐ手元にある。私の魂の中では、危機を切り抜けられたことへの感謝の念が、希望の光にも負けないくらい明るく輝いていた。

朝食後、中庭をぶらぶらと歩き、喜びとともに冷たい新鮮な空気を吸っていると、変身のまえぶれ――ことばにできない感覚――に襲われた。すんでのところでなんとか書斎には飛び込んだものの、私はまたハイドの激情に怒り狂い、それと同時に凍りつくことにもなった。そのときには、薬を二倍にして私に戻ることができたが、ああ、その六時間後、椅子《いす》に腰かけ、ひとり淋《さび》しく暖炉の火を見つめていると、またあの激痛が戻ってきて、また薬の力を借りなければならなくなったのだ。端的に言おう。その日以降、私は肉体的に途方もない努力をして、強い薬の力を借りないと、ジキルの姿形を保てなくなっている。昼も夜も関係ない。変身の前兆の身震いはいつなんどき襲ってくるかわからない。とりわけやりきれないのは、眠ったり、椅子に坐って束《つか》の間《ま》うたた寝したりしてしまうと、必ずハイドになって眼を覚ますことだ。差し迫る破滅を常に待つストレスと、自らに強いた不寝《ねず》の番によって、私はもはや人間の限界を超えているとしか思えないところに置かれている。私は自らのまま熱に浮かされ、蝕《むしば》まれた空っぽの生きものになった。心身ともに萎《しお》れ、心はただひとつのことに占められている。内なる別人格に対する恐怖に。眠ったり、薬の効き目が切れたりすると、今ではもうほとんどまえぶれなしに（変身にともなう激痛が日に日に弱まっているので）恐怖のイメージに満ちた妄想に囚《とら》われるようになっている。心はいわれのない憎悪に沸き立ち、もはや体はそんな荒れ狂う生命のエネルギーに耐えられなくなっている。ジキルの体が弱ると、ハイドの力が次第に増すようで、今では明らかに憎悪がふたりを平等に隔てている。が、ジキルのほうの憎悪は明らかに命の危険を察知する本能から来るものだ。今やこの生きものが完全なる奇形であることがわかっており、自分はそんな生きものと意識という現象を一部共有する、死の共同相続人なのだから。それこそジキルの一番の苦悩の種だが、同時に、ジキルはハイドのことをこんなふうにも考えている。旺盛《おうせい》な生命力を持ちながら、悪魔的なだけでなく、無生物的でもあるのがハイドだ、と。これこそなにより衝撃的なことだ。地獄の泥が泣いたり叫んだりしているように見えることこそ。無定形の砂埃《すなぼこり》が身振り手振りで話し、罪を犯すことこそ。死んで形をなくしたものが生きものの外見をまとうことこそ。さらに、あの逆巻く恐怖が彼自身に、妻より親しく、眼より近く結びつけられ、彼の肉体の中の檻に入れられ、その場所から生まれ出ようともがいているのを感じ、そのざわつきを聞くことこそ。こっちの心が折れたときや眠っている隙《すき》を突いて、命を奪おうとすることこそ。一方、ハイドがジキルに抱く憎悪はまるで異なる。ハイドは絞首台への恐怖から一時的な自殺を繰り返すことを強いられ、従属的な人間というより従属的な立場に戻らねばならないことを嫌悪した。あまつさえ、ジキルが陥っている絶望もハイドは嫌悪した。さらに、そんなジキルから憎悪されていることも恨んだ。ハイドが私に猿真似《さるまね》のようないたずらをするようになったのはそのためだ――本のページに私の筆跡で冒瀆《ぼうとく》のことばを走り書きしたり、手紙を燃やしたり、父親の肖像画を破壊したりしたのだ。実際、死への恐怖がなければ、彼はとっくに自らの身を滅ぼし、その破滅に私を巻き込もうとしていただろう。しかし、ハイドの生への執着は驚嘆に値する。さらに言うと、ハイドのことを考えただけで吐き気を催し、身のすくむ私でさえ、この執着に関する彼の卑劣さと情熱を思い起こすと、また、自殺をすればすぐに関係を断つことができる私の力を彼がどれほど恐れているかを思うと、一抹の同情を禁じえない。

これ以上書いても意味はない。それに、恐ろしいまでに私にはもう時間が残されていない。これだけ言えば充分だろう――これほどの苦悩を味わった者はこれまでひとりもいなかっただろう。ただ、これほどの目にあってさえ人は慣れるものだ――いや、苦しみが緩和されることは絶対にないが――それでも魂もいくらかは無感覚になり、絶望もいくらかは甘受できるようになるものだ。私への罰はこのさき何年も続いていたかもしれなかったわけだが、それが今、最後の惨事が私の身に起きた。そして、その惨事がついに私の顔と人格から私を切り離した。最初の実験の日から補塡《ほてん》されることのなかった結晶塩の備えが残り少なになったのだ。私としても新たに薬品を買いにいかせ、調合することだけはしてみた。が、沸騰によって一回目の変色は起きても、二回目の変色は起こらず、それを飲んでも効果は表われなかった。プールに聞いてもらえばわかるが、私はロンドンじゅうを隈《くま》なく探した。が、無駄だった。今となっては最初の結晶塩が不純だったことがわかる。そうにちがいない。その未知の不純物こそがあの薬の効果を生み出していたのだ。

一週間が過ぎ、私は今、古い結晶塩でつくった最後の薬の力を借りて、この手記を書きおえようとしている。奇跡でも起きないかぎり、これがヘンリー・ジキルが自らの頭で考え、鏡に映る自分の顔（ああ、なんとみじめに変わり果ててしまったことか！）を見る最後の時間になる。最後まで書くことを遅らせる余裕はない。この手記がここまで破綻《はたん》なく書かれているとすれば、それは少なからぬ慎重さと幸運のおかげだ。執筆中に変身の苦しみに襲われたら、ハイドはこんな手記などばらばらに引き裂いてしまうだろう。が、私が書きおえて脇《わき》に置き、そのあといくらか時間が経てば、ハイドは見事なまでに自分のことと眼のまえのことしか考えられない男だから、この手記も猿のようないたずらからたぶん守られることだろう。それに実のところ、私たちを終焉に導く運命はすでにハイド自身をも変え、叩きつぶしてしまっている。今から三十分後、あの憎むべき人格を永遠にまとうことになったら、私は椅子に坐り、わなわな震えて泣いているか、もしくは緊張と恐怖のあまり、この部屋（この世での最後の逃げ場）を行ったり来たりして、周囲のありとあらゆる脅威に耳をそばだてていることだろう。ハイドは絞首台で死ぬのか？　それとも最後の最後には自らを解放する勇気を持つのだろうか？　それは神のみぞ知る、だ。私にはどちらでもかまわない。今こそもうすでに私の真の死亡時刻なのだから。そのあとのことに私は関知しない。さあ、今こそペンを置いてこの告白に封をし、今こそ不幸なヘンリー・ジキルの人生に終止符を打つことにする。

訳者あとがき

ジキルとハイド。まあ、誰もが知っていると言ってもいいほどよく知られたふたつの名である。もしご存知ない方がおられたら、ぜひともこのあとがきよりさきに本文を読まれることをお勧めするが、いずれにしろ、二重人格の代名詞としてこれほど広く長く使われてきた名もほかにあるまい。むしろ近頃では、二重人格のほうが名前を変えて〝多重人格障害〟、最も新しいところでは〝解離性同一性障害〟などというそうだ。一方、本のほうはどうだろう？　子供の頃に児童向けにリライトされたものは読んでいても、オリジナル本はまだという方も案外おられるのではないだろうか。白状すると、かく言う訳者がそうで、本書の翻訳にかかるまで、原著はおろか翻訳書も、もっと白状すると、児童書も読んだ記憶がない。が、一読して膝《ひざ》を叩《たた》いた――こんなに面白い話だったんだ！

読みものとして実によくできているだけでなく、本作はさまざまに読むことができる小説でもある。まず、二重人格を題材にした怪奇小説であることは言うまでもない。次に、善とは何か、悪とは何かといった道徳的、あるいは宗教的なテーマが語られている話でもある。さらに、ただの二重人格ではなく、ジキルとハイドが姿《すがた》形《かたち》まで変えるところはファンタジーであり、読者の感覚に強く訴えかけるところはまさに煽情《せんじょう》小説であり、舞台はロンドンながらゴシック小説の趣きも残し、二通の手紙によって最後に謎《なぞ》が解き明かされるプロットはまさしくミステリーのそれである。

そしてなにより、功成り名を遂げ、分別盛りになっても、男の本能が囁《ささや》く〝悪への誘惑〟に抗しきれなかった男の悲劇だ。自ら招いたことであり、勝手と言えば勝手、愚かと言えば愚か、自業自得《じごうじとく》の悲劇である。それでも、最後に切々と訴えるジキル博士の独白は胸に迫る。自分ではどうすることもできない性《さが》を抱えた人間の悲しみと、自らの愚かさと哀れさを親友に語る博士の正直なことばには、時代を超えた説得力がある。

さまざまに読める一例としてもうひとつ、訳者の率直な感想をつけ加えさせてもらうと、本書は男の友情物語としても読めはしないだろうか。初めからこれが怪奇小説であることを知っていたせいもあろうかと思うが、急に不可解な行動を取りはじめたジキル博士を案じる弁護士アタスンの健気《けなげ》なほどの思いが、訳者には読後強く印象に残った。当時と現代の平均寿命を考えると、今の自分がちょうどジキルやアタスンと同じ年恰好《としかっこう》になることもあるのかもしれない。また、つまるところ、これが時代性――古きよき時代――ということなのかもしれないが、このヴィクトリア朝時代の中上流階級の男同士、旧友同士のつきあいのおだやかで上品な距離感。互いに信頼しつつも節度を保った自立した関係。男子たるものかくありたし、と思った次第。

〝ジキルとハイド〟というキャラクターには実はモデルがいるそうだ。高級家具師で、職人組合の組合長、さらにエディンバラの市議会議員も務めながら、その裏でスリルを求め、ついでにギャンブルのタネ銭稼ぎにとばかり、夜盗を働いていたウィリアム・ブロディという十八世紀の人物がそれだ。ブロディはエディンバラで初めて絞首台《こうしゅだい》をつくり、初めてその刑具の受刑者になった男としてもよく知られているそうで、スティーヴンソンはこの人物を主人公にした戯曲を詩人のウィリアム・

ヘンリーとともに書いている。『ブロディ組合長、もしくは二重生活』というタイトルで、『ジキルとハイド』が出版される少しまえに上演されたが、あまりヒットはしなかった。

一方、本作のほうは、出版された翌年の一八八七年にはアメリカのボストンで舞台になり、翌八八年にはロンドンのライシアム劇場でも上演されて、主役を演じたリチャード・マンスフィールドという役者の舞台上での早変わりが大好評を博したという。一八八八年と言えば、まるで本作に予言されたかのような前代未聞《みもん》の連続猟奇殺人がロンドンのイースト・エンドで起き、イギリスのみならず世界を震撼《しんかん》させた年でもある。そう、切り裂きジャックだ。ライシアム劇場の観客にしてみれば、それこそ虚実のはざまに身を置かれた思いだったことだろう。

以来、本書は何度も芝居になり（日本では今年、三谷幸喜作・演出、六代目片岡愛之助《あいのすけ》主演で『酒と涙とジキルとハイド』が上演されている）ラジオドラマ化、テレビドラマ化、映画化もされて、ウィキ情報ながら、映像化だけでもこれまでになんと百二十三回もされているという。それらをいくつも見たわけではないが、ヴィクター・フレミング監督、スペンサー・トレーシー主演の『ジキル博士とハイド氏』が出色だった。公開当時は画面の中でトレーシーの顔が変わっていく特殊撮影が話題になったようだが、なんといってもふたりのヒロイン、酌婦役のイングリッド・バーグマンとジキル博士のフィアンセ役のラナ・ターナーのきれいなこと。怪奇映画なのにうっとりさせられた。映画自体は原作とだいぶ異なっており、この私の感想も原作とはまったく関係がないのだけれど。

本作が刊行されたのは一八八六年、今からおよそ百三十年もまえのことで、現代の読者には――ことに若い読者諸氏には――わかりにくいところもあるはずである。現に原著にも注釈がいくつも付されている。古典の新訳にはつきものの問題で、訳出に際しては訳者なりに心を配ったつもりだが、原著にないことばを補ってわかりやすくするべきかどうか迷ったまま、原著どおりにした個所が二個所ある。もしかしたらよけいなお世話になるかもしれないが、念のためにここで補っておくと、まず一点、本文五十三ページでアタスンがハイドの手紙を読み、ジキルとハイドの関係が〝案じていたようないかがわしいものではなかった〟ことに安堵《あんど》する場面がある。これは実のところ、アタスンはひそかにジキルの男色嗜好《しこう》を疑っていたのである。ヴィクトリア朝時代には現代に通じる新たな社会通念も芽生えているが、同性愛が当時のキリスト教者のあいだでは今よりはるかに重い禁忌であったことは想像に難くない。もう一点は本文八十一ページ、アタスンがジキルの執事のプールに「きみの主人は悪い病気にかかったんじゃないだろうか」と言って、ジキルの不可解な行動を推察する場面。この〝悪い病気〟とは梅毒のことを指しているのだろう。抗生物質の発達で今でこそ重篤《じゅうとく》化することの少なくなった病気だが、当時は不治の病だった。

著者のロバート・ルイス・スティーヴンソンを簡単に紹介しておくと——生まれは一八五〇年、スコットランドの首都エディンバラ。そこで病弱な幼少年期を過ごす。一八六七年、十七歳でエディンバラ大学に入学し、工学と法学を学ぶものの、そもそも文学に興味があり、大学発行の雑誌の編集をしたり、その雑誌にエッセイを寄稿したりしている。卒業後は弁護士になるのだが、執筆への思いは断ちがたく、肺疾患に悩まされながらもエッセイを雑誌に発表。八〇年、三十歳のときに連れ子のいるアメリカ人女性フランセス・オズボーンと結婚。八三年、『宝島』刊行。八六年、イギリス南部のボーンマスで本作を執筆、発表。本作はほんの二、三日で書き上げたという逸話がある。八八年、肺疾患の療養のために家族とともに南太平洋に向かう。マルケサス諸島、タヒチ、ハワイを経てサモア諸島に移り、以後、南海を舞台にした作品、怪奇小説を数多く執筆する。しかし、長年の肺疾患が寛解することはなく、一八九四年没。享年《きょうねん》四十四。現地の人々からは〝トゥシタラ（現地のことばで〝ストーリー・テラー〟の意）〟と呼ばれて慕われ、サモアのヴァエア山の山頂近くに埋葬された彼の墓の墓碑銘は、サモアの悲歌となって今でも歌われているという。作家としてのスティーヴンソンは大衆に支持されただけでなく、コナン・ドイル、プルースト、ヘンリー・ジェームズ、ヘミングウェイ、ナボコフ、ボルヘス、さらに夏目漱石といった同時代および後世の世界の大作家からも高く評価された。

最後になったが、白状をもうひとつ。原著の英文は浅学非才の訳者にはかなりの難物で、早稲田大学国際教養学部長のエイドリアン・ピニングトン教授に多くの教示を得て、ようやく成った翻訳である。最後のジキル博士の手紙の解釈についてはことさら教わることが多かった。私事ながら、この場を借りて先生に謝意を捧《ささ》げたい。

（二〇一四年十一月）

本作品中には、今日の観点からみると差別的な表現がありますが、作品自体の文学性、芸術性に鑑み、原文どおりとしたところがあります。

（新潮文庫編集部）

J・M・ケイン
田口俊樹訳

郵便配達は二度ベルを鳴らす

豊満な人妻といい仲になったフランクは、彼女と組んで亭主を殺害する完全犯罪を計画するが……。あの不朽の名作が新訳で登場。

サリンジャー
野崎　孝　訳

ナイン・ストーリーズ

はかない理想と暴虐な現実との間にはさまれて、抜き差しならなくなった人々の姿を描き、鋭い感覚と豊かなイメージで造る九つの物語。

T・R・スミス
田口俊樹訳

チャイルド44（上・下）

CWA賞最優秀スリラー賞受賞

連続殺人の存在を認めない国家。ゆえに自由に凶行を重ねる犯人。それに独り立ち向かう男――。世界を震撼させた戦慄のデビュー作。

T・ハリス
高見　浩　訳

カリ・モーラ

コロンビア出身で壮絶な過去を負う美貌のカリは、臓器密売商である猟奇殺人者に狙われる――。極彩色の恐怖が迸るサイコスリラー。

E・ブロンテ
鴻巣友季子訳

嵐が丘

狂恋と復讐、天使と悪鬼――寒風吹きすさぶ荒野を舞台に繰り広げられる、恋愛小説の恐るべき極北。新訳による〝新世紀決定版〟。

スウィフト
中野好夫訳

ガリヴァ旅行記

船員ガリヴァの漂流記に仮託して、当時のイギリス社会の事件や風俗を批判しながら、人間性一般への痛烈な諷刺を展開させた傑作。

マーク・トウェイン
柴田元幸訳

トム・ソーヤーの冒険

海賊ごっこに幽霊屋敷探検、毎日が冒険のトムはある夜墓場で殺人事件を目撃してしまい——少年文学の永遠の名作を名翻訳家が新訳。

スティーヴンソン
鈴木　恵訳

宝　島

謎めいた地図を手に、われらがヒスパニオーラ号で宝島へ。激しい銃撃戦や恐怖の単独行、手に汗握る不朽の冒険物語、待望の新訳。

カフカ
高橋義孝訳

変　身

朝、目をさますと巨大な毒虫に変っている自分を発見した男——第一次大戦後のドイツの精神的危機、新しきものの待望を託した傑作。

S・モーム
金原瑞人訳

月と六ペンス

ロンドンでの安定した仕事、温かな家庭。すべてを捨て、パリへ旅立った男が挑んだものとは——。歴史的大ベストセラーの新訳！

E・ケストナー
池内紀訳

飛ぶ教室

元気いっぱいの少年たちが学び暮らすギムナジウムにも、クリスマス・シーズンがやってきた。その成長を温かな眼差しで描く傑作小説。

D・デフォー
鈴木　恵訳

ロビンソン・クルーソー

無人島に28年。孤独でも失敗しても、決してめげない男ロビンソン。世界中の読者に勇気を与えてきた冒険文学の金字塔。待望の新訳。

新潮文庫最新刊

今村翔吾著

八本目の槍

吉川英治文学新人賞受賞

直木賞作家が描く新・石田三成！ 賤ケ岳七本槍だけが知っていた真の姿とは。歴史時代小説の正統を継ぐ作家による渾身の傑作。

深町秋生著

ブラッディ・ファミリー

―警視庁人事一課監察係 黒滝誠治―

女性刑事を死に追いつめた不良警官。彼の父は警察トップの座を約束されたエリートだった。最強の監察が血塗られた父子の絆を暴く。

保坂和志著

ハレルヤ

川端康成文学賞受賞

特別な猫、花ちゃんとの出会いと別れを描く「生きる歓び」「ハレルヤ」。青春時代を振り返る「こことよそ」など傑作短編四編を収録。

杉井光著

この恋が壊れるまで夏が終わらない

初恋の純香先輩を守るため、僕は終わらない夏休みの最終日を何度も何度も繰り返す。甘く切ない、タイムリープ青春ストーリー。

江戸川乱歩著

地底の魔術王

―私立探偵 明智小五郎―

名探偵明智小五郎VS.黒魔術の奇術師。黒い森の中の洋館、宙を浮き、忽然と消える妖しき〝魔法博士〟の正体は――。手に汗握る名作。

沢木耕太郎著

作家との遭遇

書物の森で、酒場の喧騒で――。沢木耕太郎が出会った「生まれながらの作家」たち19人の素顔と作品に迫った、緊張感あふれる作家論。

新潮文庫最新刊

赤川次郎著
いもうと
本当に、一人ぼっちになっちゃった――。27歳になった実加に訪れる新たな試練と大人の恋。姉妹文学の名作『ふたり』待望の続編！

桜木紫乃著
緋の河
どうしてあたしは男の体で生まれたんだろう。自分らしく生きるため逆境で闘い続けた先駆者が放つ、人生の煌めき。心奮う傑作長編。

中山七里著
死にゆく者の祈り
何故、お前が死刑囚に――。無実の友を救えるか。人気沸騰中〝どんでん返しの帝王〟による、究極のタイムリミット・サスペンス。

篠田節子著
肖像彫刻家
超リアルな肖像が巻きおこすのは、おかしな現象と、欲と金の人間模様。人生の裏表をかくりとしたユーモアで笑い飛ばす長編。

高樹のぶ子著
格闘
この恋は闘い――。作家の私は、柔道家を取材しノンフィクションを書こうとする。二人の心の攻防を描く焦れったさ満点の恋愛小説。

楡 周平著
鉄の楽園
日本の鉄道インフラを新興国に売り込め！商社マンと女性官僚が挑む前代未聞のプロジェクトとは。希望溢れる企業エンタメ。

Title : THE STRANGE CASE OF DR. JEKYLL AND MR. HYDE
Author : Robert Louis Stevenson

ジキルとハイド

新潮文庫　ス-1-1

Published 2015 in Japan
by Shinchosha Company

平成二十七年二月一日発行
令和四年五月三十日七刷

訳者　田《た》口《ぐち》俊《とし》樹《き》
発行者　佐藤隆信
発行所　株式会社新潮社
郵便番号　一六二—八七一一
東京都新宿区矢来町七一
電話　編集部(〇三)三二六六—五四四〇
　　　読者係(〇三)三二六六—五一一一
http://www.shinchosha.co.jp

価格はカバーに表示してあります。
乱丁・落丁本は、ご面倒ですが小社読者係宛ご送付ください。送料小社負担にてお取替えいたします。

印刷・錦明印刷株式会社　製本・株式会社植木製本所

ISBN978-4-10-200303-9 C0197